L'INCREVABLE MONSIEUR SCHNECK

Journaliste du groupe Canal Plus, Colombe Schneck anime tous les matins l'émission I>média sur I>télévision. *L'Increvable Monsieur Schneck* est son premier roman.

DU MÊME AUTEUR

Le Prince aux pieds nus
Stock, 2007

Colombe Schneck

L'INCREVABLE MONSIEUR SCHNECK

ROMAN

Stock

TEXTE INTÉGRAL

ISBN 978-2-7578-0121-5
(ISBN 2-234-05904-6, 1re publication)

Pour mon papa.

Pour Ginda et Paulette.

1

C'est l'histoire d'un secret.

Il n'aurait jamais dû appartenir à la catégorie très convoitée des « secrets ». Et pourtant. Pendant quelques années, il a été un sujet de conversation pour des millions de personnes.

Il a débuté comme un fait divers : un drame sanglant qui s'est déroulé pendant le mois de juin 1949 et a connu son épilogue en mai 1950 avec le procès de l'assassin.

Ce secret s'est alors étalé en gros titres tachés de sang dans la presse :

L'HOMME À LA VALISE SANGLANTE

DÉCOUPÉ EN MORCEAUX ET PLACÉ DANS UNE VALISE PAR SON AMI

TOUTES LES POLICES DE FRANCE SONT À SES TROUSSES

L'HOMME À LA VALISE FAIT LE TOUR DE FRANCE EN TRAIN

LA VALISE SANGLANTE VUE PAR DES TÉMOINS À LA CONSIGNE DE LA GARE D'AUSTERLITZ

France-Soir, *Le Figaro*, *L'Aurore* envoient leurs meilleurs envoyés spéciaux à la poursuite de l'homme à la valise. C'est un succès : chaque jour de nouveaux témoins, de nouvelles révélations, de nouveaux détails, de nouveaux lecteurs.

Trente-cinq ans plus tard, *Paris-Match* publie les bonnes feuilles d'un ouvrage consacré à cinquante ans de crimes et forfaits en chemin de fer, et choisit, bien sûr, pour ses lecteurs, le plus sensationnel :

L'HOMME À LA VALISE SANGLANTE

Le chapitre est intitulé :

L'INCREVABLE MONSIEUR SCHNECK

L'increvable Monsieur Schneck est l'homme coupé en morceaux pour tenir dans deux valises trop petites.

L'increvable Monsieur Schneck n'a pas le beau rôle de l'homme à la valise. Il est l'homme dans la valise.

Monsieur Schneck est surtout le mari de ma grand-mère, Paulette, le père d'un fils unique, mon père.

Monsieur Schneck est mon grand-père.

Comment vit-on ce drame dans la famille de « l'increvable Monsieur Schneck » ?

On ne le vit pas. L'histoire n'existe pas. Il n'y en a pas. Max Schneck est mort, rien à dire.

Pourtant mon père a vécu toute sa vie d'adulte avec cette histoire.

Elle a existé au tréfonds de son cœur. Comme une tache qu'il fallait cacher de peur de salir ses enfants.

Max Schneck, son père, est mort, il n'y a rien à dire. Et de façon incompréhensible, un incroyable fait divers s'est bizarrement transformé en un rien, sale et oublié.

Comment la « valise sanglante » est-elle alors sortie de sa tombe ?

A-t-elle de nouveau sali ceux qui l'ont déterrée ?

C'est l'histoire de ce livre.

Au début, c'est la faute d'une petite fille mal élevée qui farfouille dans le bureau de ses parents à la recherche de secrets, justement.

Il y a ce vieux numéro de *Paris-Match*, il date de juillet 1981, avec Lady Di et le prince Charles en couverture. Sur cette photo, Diana paraît avoir une tête de moins que son fiancé. Un trucage du photographe. Dans la réalité, ils faisaient la même taille.

Le titre est doublement alléchant :

ELLE : ELLE APPREND À ÊTRE REINE
LUI : SES AMOURS DE CÉLIBATAIRE

Me connaissant, j'ai dû commencer par lire le dossier sur Charles et Lady Di. Une fois le dossier bien épuisé – en particulier le chapitre sur LES FRASQUES QUE CHARLES DEVRA LUI FAIRE OUBLIER, qui manque de clairvoyance et passe complètement à côté de Camilla Parker-Bowles –, et parce que j'étais à la campagne et que je m'ennuyais ferme, j'ai fini par lire le *Document Paris-Match*, dont le titre en ouverture n'avait absolument rien pour me tenter :

MALLES SANGLANTES ET AUTRES CURIOSITÉS FERROVIAIRES

En chapeau : Rolande Girard a réuni en un volume, aux éditions Jean-Jacques Pauvert, quelques événements surprenants qui apportent une contribution non négligeable à la glorieuse histoire du rail.

Le genre d'histoire à mourir d'ennui. Rien à voir avec le scintillant article sur les amours de princesse.

Encore à cette époque, et c'est une manie que j'ai aujourd'hui un peu abandonnée, j'étais mue par une obsession qui me venait de l'enfance : je lisais absolument tout ce qui était à portée de main. Les Pages blanches de l'annuaire à la recherche de noms connus, le dictionnaire pour trouver des mots rigolos, des livres de recettes de cuisine. Et, bien sûr, les livres de la bibliothèque de mes parents.

Un été. J'avais dix ans. Mes parents s'extasiaient sur un roman de Peter Handke, *La Femme gauchère*. Je l'avais trouvé très ennuyeux. Mais j'avais trouvé très marrant un livre érotique de Jacques Lanzman, *Les Transsibériennes*. Mon père m'avait engueulée, par contre il avait été très impressionné quand il me surprit le même été, lisant *Récits de la Kolyma*, un livre sur l'univers concentrationnaire soviétique. « Ma fille est épatante. » Je l'entendais raconter mes exploits à ses amis.

Je ne crois pas que le verbe « lire » soit approprié. J'absorbais tout ce qui était imprimé. Il n'est donc pas étonnant que je me sois plongée dans cette ennuyeuse histoire de trains. On y retrace plusieurs faits divers. L'histoire de ce pauvre président Deschanel tombé de son wagon en pyjama. Un autre chapitre est consacré à la plus célèbre histoire de malle sanglante ; Mme Bessarabo a tué d'une balle dans la tête son mari qui la trompait avec sa dactylo. Elle a ensuite placé, avec l'aide de sa fille aînée, le corps dans une malle, malle livrée à la gare d'Austerlitz et laissée en consigne par un porteur. En 1922, pendant son procès, elle a avoué une demi-douzaine de versions différentes du meurtre. Le cadavre n'est pas celui de mon mari. Il est laid. Mon mari était beau. Le public a éclaté de rire. Les journalistes se sont régalés. Chaque fois qu'ils publiaient de NOUVELLES RÉVÉLATIONS DANS L'AFFAIRE DE LA MALLE SANGLANTE, les lecteurs se précipitaient. Mme Bessarabo avait le même avocat que Landru et, sans atteindre sa célébrité, sa « malle sanglante » est devenue un classique du genre.

Le titre suivant est blanc sur fond noir. En haut de page, juste sous la rubrique, *Document Paris-Match*, je lis :

MONSIEUR SCHNECK EST VRAIMENT INCREVABLE

Et je découvre l'histoire, comme j'ai pu lire *Récits de la Kolyma* ou *La Grande Cuisine minceur* de Michel Guérard, avec intérêt mais comme si elle ne me concernait pas :

Le 1er juin 1949, à Strasbourg, à midi, M. Mazia, jeune homosexuel entretenu, est occupé dans l'arrière-boutique de la bijouterie de sa mère à disputer une rencontre passablement féroce avec M. Schneck, antiquaire dans la même ville, homosexuel et entreteneur. [...] Le litige portait sur une somme de 200 000 francs que réclamait [Schneck]. Il assurait une pension mensuelle de 60 000 francs à l'objet de sa flamme.

La dispute dégénère, M. Schneck est laissé pour mort. Le corps est placé dans une malle et la malle sur le toit de sa voiture grâce à l'aide de passants. Mazia décide de vendre ladite voiture. Il achète deux grosses valises, prend le train pour Paris. La disparition de M. Schneck ne passe pas inaperçue. Du vieil homme à l'éphèbe, la piste est toute tracée. Les mœurs, la liaison des deux hommes étaient connues à Strasbourg.

La presse s'empare de l'affaire. Les témoignages affluent. Dans le train pour Paris, Mazia rencontre un ami qui l'aide à descendre deux énormes valises dégoulinantes de sang et d'où s'échappe une odeur bizarre, pour ne pas dire suspecte. Arrivé à Paris, Mazia dépose les valises à la consigne de la gare d'Austerlitz. Plusieurs témoins racontent : les valises sont de plus en plus sanguinolentes et puent carrément le cadavre.

Le battage fait par les journaux suscitera dans les semaines suivantes de nouveaux témoignages. Les descriptions donnent naissance à une certitude : Mazia a coupé Schneck en deux. Il a trimballé son corps en train dans toute la France.

Je n'ai pas tremblé. Droguée à la lecture comme je l'étais encore alors, j'ai juste eu du mal à retrouver un texte aussi excitant dans les jours suivants.

Voilà. Mon grand-père a été assassiné en 1949 par son jeune amant, coupé en morceaux et trimballé dans une valise, et personne ne m'en avait jamais parlé. Et je l'ai appris en lisant « *thank you very match* », comme disait ma grand-mère Ginda, un magazine que l'on n'achetait même pas en vacances pour se détendre.

Et mon seul souci était : que lire maintenant que ce foutu *Paris-Match* était dévoré jusqu'au trognon ?

2

Pour comprendre comment un fait divers qui a passionné les lecteurs en juin 1949 est resté enfoui dans notre famille, il faut se livrer à une analyse détaillée de la psychologie de Paulette.

Paulette est la femme du vieil homme, coupé en morceaux et trimballé dans deux valises par son ami. Paulette, par opposition à Ginda ma grand-mère gentille, est ma grand-mère méchante.

Elle seule a la capacité de transformer en fort inviolable l'affaire la plus étrange de cette première moitié du XXe siècle, selon *Paris-Match*. C'est elle qui a décidé qu'il ne s'était rien passé en juin 1949 qui concernât la famille Schneck.

C'est Paulette qui sait. Il va donc être nécessaire d'affronter un être aux qualités bien cachées et aux défauts aisément reconnus par tous.

Charmante.

C'est la première impression qu'elle donne. Elle dure parfois. Ses nouveaux voisins la trouvent charmante. Et même certains voisins plus anciens.

« La pauvre, elle est si seule, son fils unique est mort et ses petits-enfants l'ont abandonnée. »

Elle leur téléphone : « Je n'ai plus rien à manger. Je ne peux pas sortir faire des courses. Si vous pouviez au moins m'apporter un pot de fromage blanc. »

À combien de personnes a-t-elle donné ce coup de fil culpabilisant ? À en juger par le nombre de pots de fromage blanc de son réfrigérateur, quatorze. Le nombre exact de voisins dans son immeuble. « Elle est charmante. Et la vie a été si cruelle avec elle », raconte sa voisine Valérie.

Manipulatrice.

« Valérie, tu sais, elle est folle, mais elle me rend bien service, alors je fais semblant de l'apprécier », se justifie Paulette.

Hypocondriaque.

« Ça va ?

– Tout doux, tout doux.

– Tu es malade ? »

Réponse en version hivernale :

« Reuh, reuh, tu ne m'entends pas ? Je suis très enrhumée. »

Réponse valable en toute saison :

« Je fais une fréquence urinaire »

ou

« Je fais un fécalome. »

Traduction : je fais pipi toutes les cinq minutes et je n'ai pas fait caca depuis trois jours.

Hier soir, Paulette a inauguré une nouvelle technique :

« Comment ça va ? »

Et là, elle répond : « Très bien, tout va bien » avec une voix de désespérée.

Je dois pouvoir aisément traduire qu'elle va très mal mais, comme elle est forte et courageuse comme Ginda, elle me le cache. Je ne suis pas tombée dans le piège. Je lui ai répondu : « Tant mieux, cela me fait vraiment plaisir que tu sois en forme. »

Bêtement méchante.

« Ta mère a une tumeur au cerveau ? C'est bien triste pour vous mais cela ne m'étonne pas, c'est la dureté qui ressort, la pauvre. »

Elle a aussi appelé ses petits-enfants trois jours avant la mort de leur mère pour leur présenter ses condoléances. Mais cela est hors catégorie, les condoléances anticipées nous ont fait beaucoup rire.

Élégante.

Elle ouvre ses placards. Sous chaque plastique, un trésor : bonnets, gants, tricots, dans un camaïeu de beige.

Elle touche le tissu de votre veste : « C'est beau ! », et ses yeux deviennent immenses de respect. Tout à coup, elle n'est plus sourde, elle est passionnée par les autres. On aborde son sujet préféré, les vêtements.

« J'ai besoin d'un trench en gabardine bleu marine. Peut-être un drap de laine. » Eugène, son deuxième mari, était tailleur pour homme chez Lanvin. Elle s'y connaît, en tissus.

« Tu peux m'accompagner ? Il me faudrait une

belle qualité, qu'il soit imperméable. J'hésite pour la doublure. Une soie ? Pour la couleur, je suis sûre de moi. Je veux un bleu marine, presque noir. C'est ce qu'il y a de plus chic. »

Je l'emmène d'abord chez Jean Thiot, le spécialiste du pied sensible, rue du Louvre.

Qui n'a pas connu la gêne, et même l'humiliation, devant une vendeuse au bord des larmes face à une vieille dame qui la traite comme une moins que rien, dont les mots « s'il vous plaît » et « merci » ont été bannis de son vocabulaire usuel, ne peut comprendre l'envie d'étrangler une charmante grand-mère de quatre-vingt-douze ans.

J'ai une vie. Je n'ai pas que cela à faire. M'occuper d'elle me pèse. Ce serait tellement plus simple si elle était morte avant son fils. Je pense aussi qu'elle est le seul lien avec la vie d'avant. Celle où j'avais des parents. Ces adultes qui se préoccupent de vous, vous aiment quoi qu'il arrive et entravent votre liberté. Et qu'elle appartient à cette catégorie.

Depuis la mort de mon père, elle nous le répète, elle n'a que ses petits-enfants. Je l'appelle tous les soirs, allongée sur mon lit car je sais que cela va être crispant. Je me souviens que ma mère appelait aussi sa mère tous les soirs, la royale Ginda, tout aussi allongée et crispée. Elle pouvait se défouler sur une Gitane sans filtre et enlever un à un les petits brins de tabac qui lui collaient aux lèvres.

Je ne fume pas. Je dois l'appeler, passer la voir, vérifier que son frigo n'est pas trop triste, remplir sa déclaration d'impôts. Je n'en fais jamais assez.

Une heure quarante-cinq minutes d'hésitation entre le modèle « veau » à talons compensés beige clair et le modèle « veau » à talons moyens chocolat ou marine. J'enrage. Mon téléphone portable est tout aussi enragé et je suis coincée chez Jean Thiot, le spécialiste du pied sensible. Et ses chaussures à semelles compensées. Elles sont plus confortables. C'est le bon choix mais, dans le stock, elles n'existent plus qu'en beige clair. Et Paulette s'obstine pour le bleu marine.

Combien de fois cette vendeuse est-elle descendue dans le stock vérifier que le modèle à talons compensés n'existait pas en marine ou en noir ? et le même modèle en plus sport ? ou avec des coutures apparentes ?

Une fois la paire choisie avec une moue de résignation – « Bon, si vous n'avez rien d'autre… je ferai avec… de toute façon, nous reviendrons bientôt. » – et alors que la pointe d'un énorme couteau de boucher virtuel n'est pas loin du tout de ses omoplates, elle ajoute : « Et si on se faisait un petit tour au Bon Marché afin de trouver ce trench ? »

Je suis sans pitié. C'est non.

Idiote.

J'ai sept ans. « Colombe, ma chérie, tu préfères ta maman ou ton papa ? » Et comme j'ai hérité un peu de sa perversité, je lui réponds : « Maman, bien sûr. Les enfants préfèrent toujours leur maman. »

Accusatrice.

Paulette est folle de rage.

« Mme Gold a encore triché. »

Elles sont quatre survivantes. Mme Gold, Mme Bern, Ginda et Paulette.

Elles se sont cachées dans des caves, des greniers, sous de faux noms, ont perdu leurs parents. Mais, pour Paulette, aujourd'hui une seule chose compte : « Mme Gold triche au Scrabble. » Et si elle triche au Scrabble, « c'est qu'elle parle mal le français. Elle a beau crâner avec ses petits-enfants qui soi-disant sont tous des génies. Elle triche au Scrabble pour ne pas perdre la face. Peut-être que les petits-fils sont des génies mais ses fils sont fous. Je préfère arrêter. Si tu voyais la manière dont elle vole les pions ! Le pire, c'est qu'elle nie tout en bloc. »

Paulette et Mme Gold se connaissent depuis quarante ans.

« Aujourd'hui la coupe est pleine. Si tu savais ce qu'elle m'a offert pour mes quatre-vingt-dix ans ! Son cadeau est tellement minable. Je n'ai pas hésité : je l'ai appelée et lui ai demandé de m'envoyer sa femme de ménage pour le lui rendre. Moi qui suis si généreuse. Tu te souviens du joli porte-monnaie que m'avait offert tante Yvonne ? Il venait d'une boutique très chic du boulevard Saint-Michel. Je ne l'ai jamais utilisé. J'ai refait un beau paquet avec du papier que j'avais gardé de ton anniversaire et je n'ai pas hésité. Je le lui ai offert. C'est décidé, je ne la verrai plus. Et puis je n'aurai plus à supporter ses histoires sur la femme de son petit-fils qui est si célèbre à Hollywood. Une véritable souffrance de l'écouter se vanter.

– Toi aussi tu peux raconter des histoires sur tes petits-enfants, on n'est pas si nuls. Tu peux tout à fait soutenir la comparaison.

– Pfft ! Quand je lui dis que ma petite-fille passe à la télé, elle me dit que ça ne vaut rien à côté du cinéma. »

Je lui apporte une coupure de *Télé 7 Jours*. Il y a une photo de moi avec une robe rouge. Elle est fière. « Tu es plus jolie qu'en vrai. Je vais la montrer à Mme Gold. »

Tragédienne.

Elle raconte sa tentative de suicide de l'été 1972. Et aussi le grand drame de sa vie : la mort de son fils unique, négligeant les autres : les rafles de la guerre, l'assassinat de son mari. Il s'agit d'une histoire qui nous fait hurler de rire, mon frère et moi quand elle nous en a trop fait baver. Heureusement, elle ne semble pas s'en douter.

Sa belle-fille l'invite à passer quinze jours de vacances.

Le soir de son arrivée, présageant l'état de fatigue habituel de Paulette, elle lui propose de passer tranquillement la soirée à la maison avec ses petits-enfants et sort dîner avec des amis. Et il n'est pas certain qu'elle n'invite pas Paulette à la rejoindre.

Paulette avale une boîte de laxatifs. Elle passe trois jours dans les toilettes d'une clinique. Cela tombe bien, elle a toujours été très constipée.

Chiante.

Mon frère lui organise une petite fête pour son

anniversaire. Elle se plaint que le cadeau choisi n'est pas à la hauteur de ses espérances : une assiette peinte par une artiste, sa petite-fille. « Tu sais, j'ai déjà des assiettes, tu peux la garder pour toi. »

Paranoïaque.

« Ma femme de ménage passe l'aspirateur à froid.

– C'est-à-dire ?

– Quand tu la regardes tu as l'impression qu'elle passe l'aspirateur. En fait, elle le place à quelques centimètres du sol. Elle le passe à froid. »

J'ai interrogé un psychiatre. Est-elle paranoïaque ?

« Non, elle n'est pas paranoïaque, c'est juste une emmerdeuse. Et plus elle vieillit, plus elle est chiante. C'est classique. »

A-t-on le droit de ne pas prendre en pitié une dame de quatre-vingt-quatorze ans, qui a survécu à plusieurs pogroms, s'est cachée des nuits entières dans un champ pour échapper aux rafles allemandes ?

Pendant longtemps, je ne l'ai trouvée que pathétiquement drôle, presque attendrissante.

Il y a quelques semaines, je me suis mise à la détester.

Elle hurle au téléphone : « Mes placards, le gosse de ma femme de ménage risque de déranger mes placards, je ne veux pas de lui chez moi. » Le petit garçon est en larmes.

Je hurle : « Un enfant a donc moins d'importance pour toi qu'une pile de draps ? »

Elle raccroche.

Aussi loin que je remonte dans l'histoire de Paulette, il n'y a que de grands drames. Elle ne voit que les petits. Il y a eu les attaques, l'immigration en France, la guerre et la crainte de la déportation, un mari assassiné, un fils unique mort. Elle n'en parle jamais. Mais quand vous la voyez, elle se racle la gorge et vous dit : « Tu entends ? j'ai le nez bouché, je peux à peine respirer. »

Elle est vieille, elle est seule. Son fils est mort. Ses amis ont disparu ou sont fâchés. Elle n'a que ses trois petits-enfants pour s'occuper d'elle. « Comment vous remercier de tout ce que vous faites pour moi ? »

Elle nous dit : « Je suis tellement malheureuse. » Elle dit la vérité.

Elle a enterré son fils, ses deux maris, et sa petite-fille se moque d'elle dans son dos en se racontant la dernière de Paulette.

Comment obliger une dame de quatre-vingt-seize ans à raconter un drame qu'elle a décidé d'enfouir à tout jamais au moment même où il se produisait ? Il faut ruser.

Je l'amadoue avec un sachet de mini-financiers. Elle l'avale en entier.

Elle raconte ce qu'elle m'a déjà raconté cent fois.

« J'étais orpheline de père à sept ans », « Je suis extrêmement malheureuse. »

Je lui sors le grand jeu, j'écris un livre sur sa vie. Elle est flattée. Elle me tend quelques feuilles roses.

« J'ai commencé à écrire mon autobiographie. Tu

peux tout recopier. Tu comprendras toutes les mochetés que j'ai dû endurer en silence. Maintenant tu es assez grande. » (Quand j'avais à peine huit ans, elle me racontait déjà en détail sa tentative de suicide de l'été 1972 et les maîtresses de son mari.)

La première feuille rose de son autobiographie est une lettre à son fils.

Tu dois comprendre maintenant pourquoi j'ai jeté mon journal lorsque je suis allée à la clinique il y a trois ans. Je ne comptais pas revenir vivante. Je voulais te faire un cadeau. En effet, cette documentation révélait trop d'actes moches, qui ont été commis envers moi, et tu étais, en somme, responsable d'avoir suivi le courant aveuglément. Comprends-tu à présent pourquoi je ne souhaite rencontrer Hélène, et surtout sa mère, Ginda, qu'en cas d'extrême nécessité ? Malgré tout, je ne leur souhaite aucun mal. Je les méprise tout simplement, car pour le reste il y a quelqu'un au-dessus de nous qui juge.

Liste des griefs :

– Hélène avait vingt-huit ans quand tu l'as rencontrée, elle était bien mariable. C'est moi qui t'ai encouragé à l'épouser car elle est un peu dans mon genre. Tu m'as répondu : « C'est justement ton genre que je n'aime pas chez elle. »

– Le jour de votre mariage, sa mère m'a dit : « Quand on marie son fils, on le perd, quand on marie sa fille, on gagne un fils. »

– Je viens vous rendre visite avec en cadeau une cafetière en métal argenté dont je me dessaisis avec le plus grand plaisir. Et tu réponds : « Pourquoi apportez-vous ça ? Vous vous privez sans raison. »

– À ton invitation, je viens voir mon petit-fils Antoine. Il est déjà au square avec ses autres grands-parents. Les Pachet viennent tous les jours mais aussi le dimanche quand nous sommes invités.

– Hélène et sa mère ont acheté ensemble le livre du Dr Spock et l'ont étudié ensemble. Un jour, elles m'ont recommandé de ne plus mettre de sucre en poudre dans le biberon d'Antoine, car c'est si facile de se tromper et de mettre du sel à la place. Et toi de dire : « Tiens, c'est astucieux, vous en savez des choses. » C'était aussi un conseil du Dr Spock. C'est ainsi qu'elles sont arrivées à me dévaloriser à tes yeux. Et combien, hélas, tu t'es laissé prendre…

– Hélène dit : « Mon mari adore ma mère. »

Les autres feuilles portent des titres.

La chambre de Gilbert

Sa chambre était une des plus grandes pièces de notre appartement. Au milieu, une grande table basse sculptée avec un dessus en marbre et quatre chaises assorties. À gauche, son cheval à bascule, son petit lit derrière. À côté du lit, un rayonnage avec ses jouets. Un très large divan lit en velours gris à rayures avec beaucoup de petits coussins. Avec son père, nous le bombardions avec les coussins, qu'il nous renvoyait avec des éclats de rire. Heureux de vivre !

Un petit Savoyard

Je vivais dans la peur constante d'une rafle, j'ai donc décidé de le placer comme interne dans un collège de Noutrou. Le directeur était un Alsacien qui m'assurait de s'occuper spécialement de Gilbert. Je téléphonais tous les deux jours au secrétariat et l'on me faisait beaucoup d'éloges de lui : « Intelligent, un esprit curieux, toujours prêt à aider et à partager les colis que vous lui envoyez. »

J'étais sur le chemin de Périgueux, car j'habitais à ce moment Les Mourilloux, un faubourg de Périgueux. J'aperçois de loin un petit paysan. Culottes courtes, un large chapeau de paille et un bâton sur l'épaule portant un balluchon. J'approche, le soleil m'éblouissait. Qu'il est beau ce petit, on dirait un petit Savoyard !

« Maman, tu ne me reconnais pas ? C'est ton fiston.

– Mon Dieu, qu'est-ce qui t'est arrivé, chéri ?

– Les Allemands sont venus camper dans le parc du collège, alors M. Schmitt m'a mis dans le train ainsi arrangé pour qu'on me prenne pour un petit paysan. »

Les chemises en soie

Gilbert avait quatre ans. Je lui ai fait faire sur mesure des chemises en soie, notamment deux en crêpe de Chine gris argent aux motifs minuscules rouges et bleus avec des boutons de manchettes que j'ai confectionnés moi-même. Il les portait avec une culotte de velours bleu marine. Comme il était beau ! Je le vois devant moi avec son sourire merveilleux. Certes, j'étais une mère aveuglée, j'adorais mon enfant. Il était mon tout. Un de mes beaux-frères, Théo, fut indigné de le voir ainsi vêtu et me fit la remarque suivante : « Crois-tu que ton fils te respectera plus tard davantage et qu'il visitera ta tombe plus souvent ? »

Finalement, c'est moi qui l'ai accompagné au cimetière.

Quelle injustice !

Deux feuilles sont numérotées.

Feuille 1

« Gilbert, mets ton pyjama, tes pantoufles et ta brosse à dents dans ton sac à dos. Je vais te conduire chez les Moreau. Tu vas dormir chez eux cette nuit.

– Pourquoi ?
– Il va y avoir une rafle.
– Et pourquoi ils veulent nous ramasser ?
– Parce qu'ils ne nous aiment pas.
– Alors moi, je ne les aime pas non plus. »

Feuille 2

Il faut que nos petits-enfants sachent que leur grand-père paternel était un homme intelligent, un homme d'affaires à succès, qui aidait souvent ses amis dans le besoin.

3

Avant d'être

L'HOMME DANS LA VALISE, SCHNECK, LE TRONC DANS UNE MALLE, LES JAMBES DANS UNE AUTRE

Max était le mari de Paulette.

Quand elle parle de lui, elle se transforme. De vieille pleureuse, elle devient radieuse. Elle n'est plus malade. Elle n'est plus fatiguée. Elle n'a plus mal nulle part.

« Max était si beau, si intelligent. Bien sûr, j'étais ravissante mais, encore aujourd'hui, je n'ai toujours pas compris pourquoi il m'avait abordée dans le tramway de Strasbourg.

« À l'époque où il me faisait la cour, je collectionnais les photos de l'acteur Yvan Mosjoukine. Je me rendais souvent dans un magasin de cartes postales sous les arcades à Strasbourg. Il m'a apostrophée en me demandant où j'allais si vite.

« "Je vais chercher des photos d'Yvan Mosjoukine.

« – Regardez-moi. Vous l'avez devant vous, Yvan Mosjoukine. Je suis son portrait craché."

« Toutes les femmes couraient après lui. Je le savais, mais c'était plus fort que moi.

« "Elles courent après moi ? Vous n'avez qu'à courir plus vite."

« Il avait une bonne situation. Ses parents avaient deux magasins d'antiquités à Bratislava et une fabrique de café de malt. Sa spécialité, c'était la porcelaine et les cristaux de Bohême. Les fabricants lui envoyaient des cadeaux. »

Elle me montre une soupière fleurie qui a survécu à une guerre mondiale et à d'innombrables déménagements. Miracle de soupière qui n'en reste pas moins laide.

« Dix jours après avoir accouché de ton père, je suis encore allongée en robe de chambre. Il est six heures et demie, j'entends la sonnette de la porte d'entrée. Je me lève. J'entrouvre la porte qui mène vers l'entrée. Je les vois tous les deux. Mon mari et la bonne enlacés.

« "Que faites-vous, vous êtes folle ? lui dit-il.

« – Veuillez m'excuser, j'ai glissé sur le sol et je suis tombée."

« Ç'a été notre malheur à tous les deux. »

Paulette soupire. Elle pousse de petits cris et reprend sa posture de femme trop malheureuse.

« Colombe, tu vas me chercher un petit gâteau sec. Non, pas ceux-là, je ne les aime pas. Ils sont beaucoup trop secs. Je vais m'arracher la gorge. Si tu veux descendre m'en prendre d'autres. Ah non, pas au chocolat, tu connais mes problèmes de digestion. Je risque un fécalome. Tant pis. J'ai bien faim. Peut-être un fromage blanc ? »

Au téléphone, un soir, « je suis si reconnaissante pour tout ce que tu fais pour moi », alors que justement, depuis quelque temps, je suis en grève de prendre soin d'une grand-mère qui n'a plus que ses petits-enfants et je ne fais plus rien pour elle à part tenter de lui extraire quelques informations sur le secret.

« Max était riche. Nous habitions Périgueux pendant la guerre. Il s'est engagé volontaire mais on n'a pas voulu de lui. Il cachait des pièces d'or dans des bas de coton puis dans des boîtes de fer-blanc et les revendait. Il avait aussi des dollars (que Paulette prononce "dolleurs") et des marks. Il était adroit avec l'argent. Il achetait et revendait ses pièces d'or. Il m'offrait des bijoux. Après la guerre, il devint antiquaire. Il acheta très cher un violon ancien. Il aurait pu le revendre encore plus cher. Mais il apprit que le violon avait été volé. Alors il est allé voir le vendeur et lui a donné le double de la somme pour qu'il le reprenne.

« Tu sais, j'ai été riche, aujourd'hui je suis pauvre. J'ai toujours refusé de demander de l'argent, ce n'est pas très élégant vis-à-vis de ma famille. J'aurais pu demander de l'argent car papi (son deuxième mari) a été déporté. Mais non, cela n'est pas élégant.

« Max a toujours refusé de se faire naturaliser français.

« "Ma femme est française, mon fils est français, moi je suis hongrois." En fait, il aurait pu être hongrois par son père, mais il avait la nationalité de sa mère. Il était polonais. »

Pour Paulette, être roumain c'est vulgaire, être polonais c'est commun, être hongrois c'est l'élégance. D'où son explication alambiquée. Il était hongrois sans jamais avoir eu la nationalité hongroise. Elle-même est folle de rage car, née en Transylvanie hongroise, sa carte d'identité indique « Bistrita, Roumanie ». « Je suis pourtant hongroise », insiste-t-elle.

« Max n'était pas très cultivé mais il était adroit, il parlait couramment français, hongrois, polonais, allemand et yiddish.

« Le juge de notre divorce a essayé de nous réconcilier. Max ne voulait pas divorcer. Il m'a dit : "Intelligente comme vous l'êtes, vous deviez bien vous rendre compte que votre mari était coureur."

« Il ne voulait pas divorcer mais toutes les femmes couraient après lui. Il était imbu de sa personne. Il me disait :

« "Je me demande si je vais me marier avec vous. Je vais y réfléchir.

« – Mais les femmes courent toutes après vous.

« – Je vous l'ai déjà dit, il vous faut courir plus vite."

« J'ai dit au juge : "Je ne pouvais pas courir aussi vite que Max." »

« Quand notre divorce a été prononcé, il est resté vivre avec nous. Quand je me suis remariée, il a dit à Eugène : "Vous avez de la chance."

« Après la guerre, il était gentil pour moi. Il me donnait beaucoup d'argent.

« Encore aujourd'hui, je n'ai pas compris pourquoi il m'a épousée. J'étais jolie et j'avais des cheveux magnifiques. Il avait sept ans de plus que moi. Je me suis toujours demandé pourquoi il m'aimait. »

Elle me donne un petite photo. Max est en smoking, les cheveux gominés. Il pose crânement. Paulette porte un costume d'Arlequin, elle est toute petite à son côté. Au dos, cette mention manuscrite – est-elle de la main de Max ? « Bal costumé, octobre 1930, Yvan Mosjoukine, à… » La suite a été arrachée. La dédicace est illisible.

Quatre-vingts années après leur rencontre, soixante ans après sa mort, son amour pour lui est toujours vivant, elle a toujours de la force pour défendre sa mémoire.

Alors que je suis déjà sur le pas de la porte, pressée de la laisser seule, elle ajoute, comme si elle savait que la prochaine fois il faudrait aborder le sujet : « Il faut que mes petits-enfants sachent que leur grand-père paternel était un homme intelligent, un homme d'affaires à succès, qui aidait souvent ses amis dans le besoin. »

4

Les amis d'adolescence de mon père ont aujourd'hui un peu plus de soixante-dix ans. Ils avaient dix-sept ou dix-huit ans en 1949. Ils ont pu lire la presse. Ils ont échangé des confidences avec leur ami, mon père.

Philippe Bernstein.

Il est aujourd'hui banquier, son père était juge à Strasbourg.

Selon mon frère, il aurait assisté au procès.

« Il y avait une mauvaise blague qui circulait à l'époque sur l'affaire. Je ne sais pas si je peux te la raconter.

– Si, si, tu peux.

– Un Schneck (un escargot, en allemand) n'a pas besoin d'une malle pour voyager.

« Non, je n'ai pas assisté au procès, mais j'ai vaguement le souvenir d'avoir lu quelque chose dans la presse. Mon père a dû évoquer quelque chose. Tu sais, c'était une petite affaire minable. Peut-être que la presse locale en a parlé. Il y a sûrement eu un petit article dans les *Dernières Nouvelles d'Alsace*.

« J'ai peut-être une piste pour toi : le père de M. W., Max. Tu sais, Max a été dans le maquis en Dordogne avec Simon Mazia, l'assassin ».

M. W. est écrivain. Son éditeur veut bien me laisser son mail. « Il habite à l'étranger mais il répond très rapidement. »

Mail à M. W. qui ne m'a jamais répondu.

Un mois plus tard, Philippe Bernstein me rappelle. Il a une information à me donner.

« Je ne sais pas si je peux t'en parler, cela me gêne. Tu es au courant de cette histoire d'homosexualité ? En 1981, quand le *Paris-Match* est sorti, j'ai posé une question au père de M. W. sur l'affaire : est-ce qu'il pensait que Max Schneck et Simon Mazia étaient amants ? Il m'a répondu que c'était possible. Je crois qu'il m'a laissé entendre que c'était vrai. Je ne sais pas vraiment. Ce dont je me souviens vraiment, c'est qu'à l'époque je n'ai pas osé le dire à ton père. »

François Gold.

Son oncle, Claude Gold, était le meilleur ami de mon père au lycée Turgot. La mère de Claude était la meilleure ennemie de Paulette. Si mon père a parlé à quelqu'un, c'est à Claude. Il y a quatre ans, lors d'un déjeuner, François Gold me demande :

« Sais-tu comment est mort ton grand-père ? »

Je fais la fanfaronne.

« Oui, bien sûr. Dans une valise. »

On s'est arrêtés au bord de cette pente qui, à

l'époque, me paraissait bien dangereuse pour ma famille. Mais il y a quatre ans, ma mère était en vie et, surtout, je n'avais pas envie, comme aujourd'hui, d'assassiner ma grand-mère.

Quatre ans plus tard, je prends rendez-vous pour parler sérieusement.

Dans la famille Gold, on parle beaucoup. La mère de François Gold est psychanalyste. On aime donc parler des sujets qui fâchent, et apparemment l'affaire Schneck était un sujet de prédilection. Claude en parlait avec ses parents à table. François a eu deux conversations, une avec sa grand-mère, l'autre avec son oncle.

Selon sa grand-mère, « c'est une histoire de malle retrouvée à la gare d'Austerlitz ».

Selon son oncle, Claude, « Max a été assassiné par son amant. C'est une passion homosexuelle qui a mal tourné ».

Aline, la grand-mère, est décédée l'été dernier.

Claude est gravement atteint par une maladie de Parkinson. Je peux le joindre grâce à Carlos, son concubin. Message à Carlos : 0616XXXX. Je prends rendez-vous avec Claude. « Il sera très content de te parler. Il passe par des hauts et des bas. En ce moment, il traverse une très bonne phase de sa maladie. »

J'ai oublié le rendez-vous et je n'ai jamais osé rappeler.

Nicole Kramer.

Surnommée « Chien fou », elle a connu mon père chez les éclaireurs. Je me souviens que mon père me disait d'elle qu'elle n'avait même pas les moyens de s'acheter un ticket de métro. Ils étaient très proches. Elle habite aujourd'hui Los Angeles et porte des visons blancs dans sa villa climatisée.

« On s'est rencontrés en octobre 1949. On parlait de tout, sauf de son père. Il ne m'a jamais parlé de son père. C'est bizarre, quand tu y penses aujourd'hui. Mais, tu sais, après la guerre, on ne s'étonnait de rien. Tant de parents avaient disparu, on préférait ne pas parler des absents. Parler d'un absent, c'était évoquer à coup sûr un mort et les conditions de sa disparition. Il était impensable d'avoir une conversation sur ce sujet. À propos de ton grand-père, il y a eu des racontars, certains disaient qu'on l'avait retrouvé dans une malle. On raconte aussi qu'il s'agissait d'une relation homosexuelle qui aurait mal tourné. Je ne lui ai jamais posé de questions. »

Selon Philippe Bernstein, celle qui est au courant de tout, c'est Nelly Julia Sillamy (ex-femme du député qui porte la poisse aux otages), une ex-copine de mon père, professeur de philosophie à la Sorbonne.

Françoise Bern, la fille de Mme Bern avec qui Paulette joue au Scrabble me conseille : « N'appelle surtout pas Nelly, c'est une emmerdeuse, et en plus elle ne sait rien. » Françoise Bern était la meilleure amie de mon père. « On s'est connus en 1950. Tu sais, on en avait trop bavé pendant la guerre. Ce n'était pas comme aujourd'hui, on ne parlait pas de soi. On vivait ensemble, mais on ne savait rien d'intime les uns sur les autres, même à dix-huit ans. »

Jean Trêves.

Ancien doyen d'une faculté de droit, il est le seul cousin de mon père. Il a écrit cette lettre destinée au juge en 1981 où il atteste qu'il a assisté au procès de l'assassin. On me l'a plusieurs fois répété : « Il sait tout. » Je l'appelle. Il semble fâché que je le dérange pour cette histoire. « De toute façon, je ne me souviens de rien. » Il a cette autorité de professeur. Mes questions sont inconvenantes, indignes, je raccroche, honteuse. Je suis mal élevée.

Il y a cette rencontre dans une boîte de nuit avec un jeune homme, Nicolas, dont le père, m'assure-t-il, en a parlé à mon père. Son père, G. I., est un homme politique.

Selon G. I., « c'est l'histoire d'une concurrence amoureuse entre deux hommes pour la même femme ». Cela me plaît. G. I. sait une autre chose : « Il y a une vingtaine d'années, ton père et moi, nous nous parlions de nos vies, de nos vies aventureuses. Il m'a alors raconté que l'expérience la plus incroyable mais aussi la plus douloureuse qui lui soit arrivée date de juin 1949. Il a dix-sept ans. Des inspecteurs de police viennent le chercher à la maison. Ils lui font traverser toute la France en voiture jusqu'à Marseille. Il doit reconnaître l'assassin de son père. Ton père connaissait Simon Mazia, il l'avait rencontré de nombreuses fois chez Max. »

Ma sœur.

« En 1996, j'ai passé un week-end à Strasbourg, chez les parents d'une amie, Stéphanie H. Leur grand-mère avait été la maîtresse de Max Schneck à Périgueux pendant la guerre. Elle a été longtemps antiquaire à Strasbourg. Elle souhaitait me rencontrer afin d'évoquer son souvenir. Je n'ai pas eu le temps. »

Stéphanie H.

« Il doit s'agir de leur grand-tante Matie. Elle est morte. »

Le lendemain : « C'était Mme Bernstein. Elle est encore en vie mais très âgée et n'a plus toute sa tête. » Une Mme Bernstein est évoquée dans l'article de *Paris-Match*, comme complice de Simon Mazia. Elle est la mère de l'assassin. Est-ce la même Mme Bernstein ?

H. A.

Chef de patrouille de mon père aux éclaireurs, écrivain. Tél : 014321XXXX. Il vit à l'étranger. Sa femme répond à leur domicile parisien. « Quelle chance vous avez ! Il vient d'arriver à Paris. Rappelez demain. Il sera ravi de vous parler. »

Procrastination. Je n'ai jamais rappelé.

Deux mois après, je lui écris.

Il me répond.

Chère Colombe,

J'ai gardé un souvenir très agréable de

vous petite fille que j'ai connue chez vos parents.

Je dois vous dire que je n'ai jamais entendu votre père parler de cette histoire que vous m'apprenez.

Je vous aurais aidée avec plaisir et une certaine émotion en souvenir de votre père, mais je ne possède aucune information.

Je vous rencontrerai évidemment à Paris avec plaisir si vous le désirez.

Bien cordialement,

H. A.

Éliane S.

Je la croise par hasard à la boulangerie de la rue du Val-de-Grâce. Je ne l'ai pas interrogée. Trop jeune pour avoir été une amie d'adolescence de mon père.

« Bien sûr, il m'avait tout raconté.

– Mais il n'a rien dit à ses plus proches amis : Nicole, Claude, Philippe.

– Moi ce n'était pas pareil. J'avais quatorze ans, il en avait dix-huit. J'étais sa petite fiancée avec deux longues nattes. Paulette rêvait de nous marier. Il m'a parlé de la mort violente de son père. Mais tu sais, c'est très loin. Je ne me souviens pas de ce qu'il m'a raconté précisément. »

Pierre Pachet.

Mon oncle. Il est très content que j'enquête sur ce sujet « glauque ». Il ne sait rien.

« Il doit y avoir une femme là-dessous, il faut que tu cherches la femme à l'origine de la dispute. »

La seule personne à qui mon père a donné sa version des faits est une femme.

5

M. A. a été la « fiancée » de mon père des années 1980.

Elle n'est absolument pas étonnée que je lui téléphone. Nous ne nous sommes pourtant pas parlé depuis une quinzaine d'années.

C'est elle qui me raconte la scène. Et c'est comme si elle attendait depuis trente ans de révéler ce qui s'était passé ce jour-là.

« Cela devait être vers le début du mois d'août, juste après l'élection de François Mitterrand. Je me souviens de la date à cause du sujet de conversation. Ton père connaissait le Pr Steg, qui lui avait révélé que Mitterrand avait un cancer de la prostate. Cela nous souciait beaucoup. "Il y a tant de réformes à entreprendre. Il ne faut pas qu'il se précipite en raison de sa maladie." À cette époque, on y croyait vraiment. Après le déjeuner, je le vois feuilleter un vieux numéro de *Paris-Match*. Mais c'était la première fois que je le voyais vraiment lire *Paris-Match*. Et tout à coup, il est pris d'un rire nerveux. En couverture, il y avait, je crois, Lady Di. J'ai essayé de l'interroger sur les raisons de son hilarité.

Il ne voulait pas répondre et cela m'énervait. Finalement, il m'a tendu le magazine ouvert aux premières pages. Et là j'ai pu lire l'article. C'étaient les bonnes feuilles d'un livre publié aux éditions Jean-Jacques Pauvert. *Des meurtres mystérieux dans les trains*. Le titre de l'article était “Malles sanglantes et autres curiosités ferroviaires”. »

Le dernier de ce long article de *Paris-Match* s'intitule :

MONSIEUR SCHNECK EST VRAIMENT INCREVABLE

Max Schneck est un homosexuel vieillissant qui entretient un jeune homme, Simon Mazia. C'est une dispute sur le montant exorbitant de la rente, 60 000 francs mensuels, qui serait à l'origine du meurtre.

Le jeune homme, homosexuel entretenu, peut-on lire, était joueur, et toujours démuni, il mendiait des avances, en obtenait parfois, et c'était toujours une histoire pour régulariser les comptes. [...] Du vieil homme à l'éphèbe, la route est toute tracée. Les mœurs et la liaison entre les deux hommes n'étaient pas un secret à Strasbourg.

En encadré et en lettres grasses :

Dans l'arrière-boutique, il y avait surtout
ce sang qu'il fallait laver.

M. A. est avocate. Elle poursuit, à la demande de mon père, Jean-Jacques Pauvert et Rolande Girard, l'auteur de l'ouvrage, ainsi que *Paris-Match*.

« La conversation entre nous sur le sujet a été

très rapide. Il ne m'a donné aucun détail supplémentaire. Il m'a demandé de poursuivre l'auteur et l'éditeur. Nous avons eu ensuite des échanges sur l'avancement juridique du dossier. C'est tout. Ton père n'avait pas envie de parler. Tu te souviens comme il disait : "On ne parle pas des sujets qui fâchent." »

J'ai la copie du dossier cartonné orange. Un très mince dossier, seule trace matérielle de la mort de Max Schneck. Il était glissé dans le même tiroir que le *Paris-Match*. Il comprend plusieurs courriers adressés par Me A. :

– Une requête afin d'assigner d'heure à heure auprès du tribunal de grande instance de Paris datant de 1981 :

> *Attendu que parmi ces affaires est relaté, à la page 104, l'assassinat le 1er juin 1949 à Strasbourg de M. Schneck, père du concluant,*
>
> *Que cette relation présente la victime comme « homosexuel et entretenant »,*
>
> *Que le mobile du crime est présenté comme un règlement de comptes entre la victime et l'auteur, M. Mazia, objet de la flamme de la victime,*
>
> *Qu'elle porte gravement atteinte à la mémoire de M. Schneck, à l'honneur et à la considération de ses héritiers…*
>
> En 1981, avoir un père homosexuel portait gravement atteinte à la mémoire…

– Une lettre de Rolande Girard du 13 août 1981 :

Maître,

Les services photo de la Bibliothèque nationale ne fonctionnant pas au mois d'août, il est impossible d'obtenir avant courant septembre les fac-similés des articles de presse sur lesquels s'est fondée ma documentation. Je peux néanmoins vous confirmer que les textes dont il s'agit confirment sans équivoque mes imputations sur les rapports Mazia-Schneck. Il s'agit de témoignages mentionnant, je cite, les « relations intimes » entre les deux hommes, évoquant les « jeunes amis » de la victime, pour ne rien dire de la suspicion soulevée chez les journalistes et enquêteurs par l'énormité de la « pension » consentie par cet homme de quarante-sept ans à ce garçon de vingt et un ans : 60 000 francs, quand dans les mêmes journaux relatant le crime, 8 francs de l'époque, 300 de nos centimes aujourd'hui, on peut lire que le lingot d'or cotait 550 000 de nos centimes actuels contre 937 000 à la date de ce jour.

(Démonstration absolument incompréhensible à mon avis, mais bon…)

Rolande Girard fournit aussi une liste des articles dans lesquels se trouvent les allégations d'homosexualité.

– Les *Dernières Nouvelles d'Alsace* du 14 juin 1949 ;

– *Le Soir* du 20 juin ;
– *L'Aurore* des 18 et 19 juin ;
– *L'Humanité* du 17 juin.

Le dossier de 1981 ne comporte que deux articles, celui du *Soir* et celui de *L'Humanité*.

L'article de *L'Humanité* du 17 juin établit que le drame s'est déroulé dans la nuit du 31 mai au 1er juin, Sigismond Mazia, dit Bernstein (Bernstein est le nom de la mère de Mazia, ce qui explique l'erreur) s'était rendu chez Mayer Schneck, antiquaire strasbourgeois, 41 ans, son meilleur ami.

« Meilleur ami », dans le langage de 1949, est-il un nom de code pour « petit copain » ? C'est la seule allusion du quotidien communiste.

Le journaliste de *L'Aurore* souhaite clairement, pour le tirage futur de son quotidien, que les deux hommes aient été amants.

Depuis longtemps déjà, Schneck servait à Mazia une coquette pension de 60 000 francs par mois. Et l'on n'a pas encore su quel genre de liens unissaient les deux hommes.

Le 1er septembre 1981 est signé un protocole d'accord transactionnel entre Gilbert Schneck, demeurant à Paris Ve, Jean-Jacques Pauvert, domicilié à Paris VIe, et Rolande Girard, auteur, Paris XIVe. Ce protocole est dans le dossier.

> *Il est rappelé que :* [...] *en considération de certains extraits de la presse et des documents dépouillés par Mme Girard, celle-ci a*

pu penser et faire apparaître dans son article que la victime avait des mœurs homosexuelles et entretenait avec l'assassin des relations particulières.

Dès la publication de l'ouvrage, en juin 1981, M. Gilbert Schneck [...] *a protesté énergiquement* [...] *en faisant valoir la certitude qu'il avait du défaut de fondement de ces allégations et la nécessité morale et familiale de défendre et rétablir la mémoire de son père.*

Mme Girard a alors accepté, à la lumière des précisions apportées par M. Schneck, de procéder à un réexamen attentif de ses sources et d'éléments complémentaires, et elle a ainsi acquis l'intime conviction du bien-fondé des certitudes de M. Schneck, qui, pour sa part, reconnaît que Mme Girard avait pu être abusée en toute bonne foi et sans avoir manqué au devoir d'information critique et prudente qui incombe à l'auteur.

Il est arrêté et convenu ce qui suit :

M. Jean-Jacques Pauvert et Mme Rolande Girard s'engagent, en cas de réimpression ou de réédition de l'ouvrage L'Indicateur du fait divers *à modifier le texte de l'article consacré à M. Schneck, de manière à écarter toute allusion à des mœurs homosexuelles de celui-ci* [...]

À Paris, le 1er septembre 1981, mon grand-père est absous de toute homosexualité.

Et joint, le témoignage de Jean Trêves, doyen de la faculté de droit à Paris X et cousin de mon père :

J'ai assisté au procès de l'assassin et je puis attester que, d'après mes souvenirs, à aucun moment, au cours des débats, qui n'ont d'ailleurs pas eu lieu à huis clos, il a été fait allusion à d'éventuelles mœurs homosexuelles de M. Schneck. Certes la victime a été présentée comme ayant une vie sentimentale agitée, attestée par de nombreuses liaisons féminines. Ces faits étaient effectivement de notoriété publique. [...]

Je dois dire que j'avais beaucoup regretté à l'époque que la cour n'ait pas appelé à témoigner M. Gilbert Schneck, qui aurait pu faire état oralement des bons rapports qu'il continuait à entretenir avec sa famille. Je crois savoir que l'avocat de la partie civile avait craint que la comparution du jeune homme n'aggrave le traumatisme qu'il avait subi à la suite de la disparition tragique de son père.

Jean Trêves

« Ton père avait une peur bleue de ressembler à son père. Être un homme à femmes, mal terminer. Il ne précisait jamais ce que “mal terminer” signifiait. C'est la soif de conquêtes jamais assouvie qui l'a perdu. Tu sais, notre histoire d'amour était tragique. Nous étions amoureux et malheureux. Il ne voulait pas quitter ta mère. Et il y avait toujours une nouvelle femme, plus charmante, plus jeune, plus aimable que la précédente. L'attrait sans fin de l'inconnue. »

Mais je ne sais plus très bien si elle parle de mon père ou de mon grand-père.

M. A. et mon père n'ont plus jamais évoqué la fin tragique de Max.

À la naissance de son fils, Paulette s'est exclamée : « Il est très laid, Dieu merci, il ne ressemblera pas à son père. »

6

C'est une double feuille jaune dans un papier qui semble huilé. Elle a dû être précieusement pliée. Le papier paraît repassé. Il a été retrouvé par mon frère dans un tiroir du bureau de mon père. Une sorte de pièce d'identité ou peut-être de laissez-passer. Il est trilingue russe, polonais et allemand. Un alphabet cyrillique que je ne connais pas. Il y a une photo d'identité de Max Schneck. Il doit avoir une trentaine d'années. Rien à voir avec la photo du vieil homme fatigué publiée par la presse en 1949. Une chevelure noire abondante coiffée en arrière. Des sourcils épais, un long nez. Une paire de lunettes en écaille. Un air légèrement triste, résigné. Il porte une veste de costume croisée, une chemise blanche, une cravate foncée. La seule chose que je peux lire, ce sont des dates : 25 décembre 1911, 29 août 1917, 1927-1935, 1914-1918, 2 février 1940.

Une dernière date, 19 mars 1942, suivie de la signature de mon grand-père à l'encre bleue avec une version de son prénom que je ne connais pas : Majleck. Un lieu, Kolomyja. Une ville polonaise ? allemande ?

En 1942, Max est censé être réfugié comme de nombreux Strasbourgeois à Périgueux. C'est aussi l'année où ma grand-mère, qui a un grand sens des priorités, demande le divorce. Deux dates, imprimées trois fois de suite, celles, vraisemblablement, d'une réglementation : 1er octobre 1939, 1er août 1941.

Une autre date imprimée en tout petits caractères, 1er septembre 1939, suivie de l'inscription manuscrite, certainement de la main de mon grand-père, c'est la même encre et la même écriture que la signature : *polska*, polonaise, sa nationalité.

Paulette m'avait déjà expliqué qu'il aurait dû être hongrois et non pas polonais mais que, bizarrement, il avait choisi la nationalité de sa mère, polonaise. Bizarrement car dans l'échelle de valeurs de Paulette, être hongrois, c'est chic. Étant elle-même hongroise, bien que, sur sa carte d'identité française, son lieu de naissance, Bistrita en Transylvanie, soit situé en Roumanie. Cela la rend folle de rage : la Transylvanie, province hongroise, est devenue roumaine. Elle est donc française d'origine roumaine pour l'administration française. Elle hausse les épaules : « Je n'ai rien à voir avec ces pauvres Roumains. »

Son mari est polonais. « Il était pourtant élégant comme un Hongrois », ajoute-t-elle.

Sur ce papier jaune, Max est polonais.

Il a indiqué aussi à la main le nom de ses parents et des parents de ses parents. Ce n'est pas très lisible. Ce sont des noms qui ne sonnent pas la sérénité en 1942, Schneck Myleek, Wheeber Josep, Weinseldblatt Rosia, Thau Mendel, Rosenbeck Feiga, Hessel Blina.

Il y a aussi de nombreuses questions imprimées, certaines avec des pourcentages. Le pourcentage de sang juif ? Dans les réponses manuscrites de Max, il y a beaucoup de « Nie ».

Peut-être que ce papier est un sauf-conduit, un certificat d'aryanité ?

Je peux lire aussi à plusieurs reprises dans les questions les mots « Wehrmacht », « industrie », « pension », et étrangement le mot « Art ».

Un jeune homme qui a étudié le russe et dont le père est ukrainien tente une traduction. C'est du biélorusse, du polonais et de l'allemand.

Le papier a été signé à Lwolf en Pologne en 1942. C'est apparemment une demande d'autorisation pour exercer une profession médicale.

Les noms de famille et les prénoms sont en polonais.

La réponse à la question « religion » n'est pas très claire : *Majressaiol.*

Il donne le nom de son épouse : Thau (?!!), et déclare ne pas avoir d'enfants. Ne pas avoir participé à la Première Guerre mondiale. Ne pas avoir été membre de l'armée soviétique entre 1939 et 1941. Avoir besoin de se rendre régulièrement dans les pays de l'Est pour exercer sa profession.

Qui les lui a fournis ces faux papiers ? Que faisait-il en Pologne en 1942 ?

Ce certificat lui a-t-il facilité ses trafics de pièces dont m'a parlé Paulette ? Comment franchissait-il les frontières en 1942 pour se rendre en Pologne, en Allemagne, en zone occupée ? Comment a-t-il survécu pendant la guerre ? Juif polonais en France, il ne semble pas avoir été inquiété.

En 1942, Simon Mazia a treize ans. Ses premiers faits de résistance datent de 1944. C'est en 1944 que Simon et Max se rencontrent et se rendent mutuellement des services, selon la presse. Quel type de services ?

7

Peu de temps après l'inauguration de la Bibliothèque nationale de France, les premiers aventuriers avaient raconté le parcours si périlleux vers le document espéré.

Téléphoner pour connaître les conditions d'accès. Et espérer qu'une personne humaine réponde.

Négocier, le statut de chercheur ayant le privilège d'accéder à la BNF. Supplier, pour obtenir les microfiches des journaux dans un délai raisonnable. Trois mois ?

Réserver un coin de table. Espérer un résultat valable, de véritables articles et non un pauvre entrefilet dans les *Dernières Nouvelles d'Alsace* (*DNA*).

Mon ego se gonfle d'importance en imaginant la une de *France-Soir*. Le fait divers de l'après-guerre avec mon nom dessus.

Au placard, les souffrances ! Vive la célébrité, même sordide !

Il faut donc affronter les différentes épreuves mises en place par les ingénieux fonctionnaires de la BNF, le disque du téléphone, les différentes formes de négatives utilisées par les bibliothécaires, la queue à la photocopieuse – mes armes sont prêtes. La guerre avec la BNF peut commencer. Je suis concentrée. Je téléphone. Une femme répond. « Oui. Venez. Nous sommes ouverts. »

Trop facile, je garde mes armes pour plus tard. Trouver le bon bureau. Négocier le statut de chercheur et tous ses privilèges avec pour tout bagage un fait divers et une célébrité future, d'emblée mal acquise.

Le bureau est là. L'attente, courte. L'entretien, cordial. Même si je ne sens pas le moindre encouragement dans les propos à l'exposé de mon enquête.

J'ai le droit à deux jours d'accès et en bonus les cotes des journaux. Je peux revenir le lendemain matin. J'ai une place réservée. Les microfilms m'y attendront. Et oui, il existe des photocopieuses à microfilms au même endroit. Et oui, on peut même acheter une carte pour les photocopies. Faut-il poser les armes ? Non. Il s'agit peut-être d'une stratégie. Espérer un relâchement de ma part et me planter un couteau dans le dos. Les couteaux peuvent être nombreux : le *France-Soir* du 16 juin 1949 a disparu, la personne en charge de la photocopieuse est malade. Il n'y a pas de distributeurs de pièces de 50 centimes nécessaires à l'achat d'une carte de photocopie dans un rayon de trois kilomètres autour de la BNF.

J'arrive à l'heure au rendez-vous, déterminée à ne pas me laisser faire, une provision de monnaie en poche. Avec une certaine fierté d'être munie d'une carte jaune avec une photo où j'ai l'air grave et pénétrant de tout chercheur qui se respecte.

Il y a une queue immense – deux heures d'attente – ce matin. En ce lieu où hier après-midi j'ai à peine eu le temps de lire un article dans *Elle*, en cachant la couverture, me disant que la lecture de ce magazine pouvait être un motif de refus à l'obtention d'une carte de chercheur.

J'entre dans un coffre-fort. Des portes immenses que ma carte déverrouille. Je suis au centre de la France. Tout est là. Mille ans d'histoire et quelques boîtes en carton. *France-Soir*, *Le Figaro*, les *DNA*, *L'Aurore* des mois de juin 1949, date de la disparition de Max Schneck et de la cavale de son assassin Simon Mazia. Mai 1950, le procès devant la cour d'assises du Bas-Rhin de Simon Mazia.

Les boîtes en carton sont devant moi. J'ai le droit de les prendre deux par deux. La salle de photocopies pour les microfilms est à quelques mètres. Celle pour acheter une carte est à côté. Il y a aussi une ingénieuse machine qui fournit de la monnaie contre des billets de banque. Dans la salle des photocopieuses, il y a une préposée incroyablement disponible qui aide les usagés à installer les microfilms sur les machines à photocopier. Deux machines sur trois fonctionnent. Un ratio tout à fait honorable. La préposée s'arrête à l'heure du déjeuner une heure et ferme la salle car « je suis en sous-effectif ». Cela me paraît justifié. Il faut céder sa place à ceux qui attendent l'accès aux deux machines quand vous allez remplacer vos deux boîtes par deux nouvelles boîtes. Mais comme les autres honorables chercheurs sont soumis à la même règle, l'attente est supportable.

À 18 heures, j'ai photocopié tout ce qui était photocopiable. Je sors victorieuse de la BNF. J'ai gagné le droit de lire une somme d'inexactitudes, d'inventions, et quelques semi-vérités.

C'est une belle revue de presse. Une centaine de pages. Les plus grands titres de la presse nationale et régionale sont représentés.

L'affaire est à la une de *L'Aurore*, *France-Soir*, *Le Figaro*, les *DNA*.

J'y atteins une forme de célébrité.

« Je suis la petite-fille de l'antiquaire de Strasbourg, vous savez ? l'homme coupé en morceaux qui a parcouru la France dans une malle sanglante. Vous avez sûrement vu l'article à la une de *France-Soir*. C'était le 16 juin 1949. »

Cette célébrité à retardement, je n'en jouis pas longtemps.

La presse est moche. Les titres sont affligeants de méchanceté, d'humour facile. Je pense à ma grand-mère, amoureuse de cet homme.

Mon père s'est-il acheté un *France-Soir* en cachette ? Son ami Claude Gold dont les parents parlaient de l'affaire à table, lui a-t-il raconté ce qu'il savait ? A-t-il découpé des articles, gardé des copies ?

Il doit entendre ces vendeurs de journaux à la criée :

RÉVÉLATIONS SUR LA MALLE SANGLANTE
L'ANTIQUAIRE A ÉTÉ COUPÉ EN MORCEAUX

L'ASSASSIN A FUMÉ UNE CIGARETTE SUR LE CADAVRE DE LA VICTIME

DEUX VALISES CONTENANT LES RESTES DE SCHNECK À LA CONSIGNE DE LA GARE D'AUSTERLITZ

Les professeurs du lycée Turgot où il est élève, ses camarades de classe, tout le monde peut lire les affiches, ces titres qui s'étalent. Personne n'en parle, ou peut-être juste derrière votre dos.

Les premiers à mentionner l'affaire ? Ce sont les *Dernières Nouvelles d'Alsace* le 15 juin 1949.

LE MYSTÈRE PERSISTE AUTOUR DE LA DISPARITION DES DEUX STRASBOURGEOIS

Le signalement de l'antiquaire est très spécial. Majer Schneck dit Max est très spécial : 47 ans, 1,70 m, cheveux grisonnants, teint pâle (maladif), constitution maigre, marche difficilement, les genoux fléchis et les mains agitées d'un tremblement ininterrompu. Parle parfaitement français.

La photo ci-dessous représente Sigmund Mazia : 21 ans, taille 1,65 m environ, cheveux bruns coupe zazou, fine moustache.

Dès le 16 juin, la disparition de l'antiquaire devient un fait divers national. Qu'est-ce qui excite les journalistes de 1949 ?

Le soupçon d'homosexualité, la coupe zazou et

la fine moustache de Simon Mazia ? Le jour même, une jeune femme anglaise disparaît. Elle n'aura le droit qu'à une brève.

Le Figaro du 16 juin 1949.

Les enquêteurs de Strasbourg ont recueilli le témoignage d'un jeune homme de 20 ans qui, le 2 juin, a voyagé dans le train Strasbourg-Paris avec Sigmund Mazia qu'il connaissait de vue. Ce dernier était blessé à la main et avait la tête bandée. À la gare de l'Est, Mazia demande au jeune homme de l'aider à porter les deux lourdes valises qu'il transportait. C'est en portant ses valises à la consigne de la gare d'Austerlitz que le témoin s'aperçut qu'elles étaient tachées de sang.

Mais Mazia le rassura en lui disant que ces taches viennent de ses mains. En l'état actuel de l'enquête, les policiers pensent que Mazia tua Schneck au moment où celui-ci exigeait le remboursement d'une importante somme.

La mère de Mazia vient d'être interrogée par la sûreté strasbourgeoise. Jusqu'à présent elle avait soutenu que son fils avait passé la nuit du 2 au 3 juin sous son toit. Mais elle vient d'avouer que cette nuit-là, elle se trouvait en villégiature dans une auberge de Stambach sans son fils.

Mazia est activement recherché par toutes les polices qui possèdent son signalement précis.

Le Soir, 16 juin.

La femme de chambre employée par Max Schneck est bouleversée par la disparition de son patron.

Entre deux sanglots, cette jolie femme raconte comment elle a vu débarquer Simon Mazia dans l'après-midi du 1er juin au domicile de l'antiquaire, rue de l'Outre. Elle n'était pas surprise s'agissant d'un ami intime. Il explique agir sous l'autorité de Max. Il enfourne dans un sac de toile, bijoux, 300 000 francs en espèces, papiers d'identité et se saisit des clés de son automobile. Il laisse le sac sur une table, ne garde que les pièces d'identité et les clés de l'auto.

« Max est si beau, si intelligent, si élégant, il ne peut avoir disparu. Il avait pour projet un séjour dans les Alpes et il m'avait proposé de l'accompagner. » Étrange aveu pour une femme de chambre. Un témoignage qui signe davantage une maîtresse amoureuse qu'une employée dévouée.

Les *Dernières Nouvelles d'Alsace*, 17 juin 1949. L'affaire fait sa première une. Sur une page :

LES MYSTÈRES DU CRIME SANS CADAVRE

« Si j'avais le pèze de mon ami Schneck, il y a longtemps que j'aurais mis les bouts », disait Simon Mazia à ses amis.

Mazia fit la connaissance de Schneck pendant la guerre en Dordogne. À son retour à Strasbourg à la Libération, Schneck, malade et déprimé, fit appel aux bons offices de Mazia qui avait combattu dans les rangs de la Résistance en Dordogne pour l'aider dans son commerce [...].

Il ne semble pas que l'assistance de Mazia ait été purement bénévole, puisque Schneck se plaignit à de nombreuses reprises des procédés inélégants de son ami qui, ayant de grands besoins d'argent, n'hésitait pas à prélever de la marchandise dans le stock du magasin de la place de la Grande-Boucherie, pour les bazarder et s'approprier le produit de ses ventes clandestines.

Nous avons relaté dans notre édition d'hier comment les enquêteurs voyaient le crime – car ce crime ne saurait faire doute. Cependant, c'est un crime où il manque le cadavre de la victime et où le meurtrier court encore.

Mercredi matin, M. Magraff, substitut du procureur de la République s'est rendu rue de la Première-Armée en compagnie de M. Braesch, commissaire, et de M. Bonnet, secrétaire du premier arrondissement, ainsi que des inspecteurs Juville et Erhard. Dans le petit atelier de bijoux tenu par Adèle Bernstein, mère de Mazia, on a relevé des taches de sang sur les murs, au plafond et sur les trois établis. Une partie des taches avait été lavée récemment, mais on n'avait pas pu les faire disparaître. Dans la cuisine, on a trouvé un rouleau à pâtisserie qui portait également des taches de sang ; ce rouleau aussi avait été fraîchement lavé et même gratté par endroits.

Il y a eu lutte ; les voisins sont affirmatifs en ce qui concerne les cris, mais on connaît le courage habituel des locataires d'immeuble quand un crime se commet à l'étage en dessous.

Mme Bernstein a été priée de se tenir à la disposition de la justice et l'enquête s'efforce de reconstituer les différentes étapes qui ont conduit Mazia de Strasbourg à Paris, où l'on a perdu sa trace.

Le titre suivant est encadré et en gras.

COMMENT ADÈLE BERNSTEIN S'EST FAIT EMBAUCHER COMME FEMME DE CHAMBRE DANS UNE AUBERGE À STAMBACH POUR PROTÉGER SON FILS, SIMON MAZIA, EN FUITE

Mme Bernstein, qui dirige une petite joaillerie à Strasbourg, 20, rue de la Première-Armée, s'est bizarrement fait embaucher le jour de la disparition de Max Schneck, le 1er juin, comme femme de chambre dans un hôtel de la région.

Curieuse coïncidence, elle s'est présentée avec un excellent certificat établi par son ancien patron, un bijoutier de la rue de la Première-Armée à Strasbourg.

Un détail fort intéressant : Mme Bernstein, quand elle se présenta à Stambach parlait fort bien le français tout comme l'allemand.

Et pourtant, au cours de son interrogatoire de police, elle prétendit ne comprendre que l'allemand.

Le 1er juin, elle prit son service. On n'eut qu'à se louer de sa bonne volonté. Pourtant, tous remarquaient sa nervosité. Elle semblait impatiemment attendre une visite. Mais qui donc ?

La nuit, alors qu'il était prévu qu'elle partage la chambre de la cuisinière, elle demande une chambre seule. Et choisit la chambre n° 32. Le calme régnait dans l'hôtel, quand minuit, l'heure du crime approchant, un vacarme épouvantable retentit. On entendit d'abord claquer la porte d'une auto puis une personne frappa à la porte comme un possédé. Un individu dont la tête sanguinolente était entourée de pansements se tenait dans la lumière des phares d'une automobile noire. Une malle en osier était fixée sur le toit de la voiture.

Un détail qui n'est pas sans importance.

Il affirma avoir été blessé dans une bagarre et exigea la chambre n° 31. Le patron lui demanda qu'il remplît sa fiche sans attendre le matin.

Nom : Meyer

Prénom : Max

Date de naissance : 12 mars 1927

Lieu de naissance : Bucarest

Domicile : Strasbourg

Immatriculation de la voiture : 7818 NV 5

Toutes ces indications figuraient sur ses papiers d'identité.

Disons-le tout de suite afin de ne pas maintenir un suspens inutile : cet étrange individu est bien Simon Mazia. La voiture est celle de Max Schneck. Les papiers sont des faux. L'expérience du maquis s'est révélée utile dans leur fabrication.

Un employé de l'hôtel affirme avoir entendu la nouvelle femme de chambre et l'individu à la tête bandée discuter. Une discussion ferme dont il ne se souvient pas précisément de la teneur. Il avoue pourtant une curiosité maladive et avoir collé l'oreille à la porte de la chambre 31 puis 32.

Fait étrange, en réponse aux questions indiscrètes de cet employé, Adèle Bernstein prétend ne pas connaître ce Max Meyer…

Nouveau fait troublant, et il y en aura d'autres pour

le patron de l'auberge comme pour les enquêteurs, à l'heure du petit-déjeuner, Adèle apporte d'office un thé noir à Max Meyer comme si elle connaissait intimement ses habitudes. Mazia dit Meyer partit vite, laissant la nouvelle femme de chambre de plus en plus nerveuse.

En fin de matinée, elle annonce à tous qu'une chose très grave venait de se produire – comment a-t-elle été prévenue, c'est mystère et boule de gomme – et qu'elle est dans l'obligation de quitter Stambach.

Elle demande de l'aide car elle doit porter une valise extrêmement lourde. Une valise dont tous les employés de l'hôtel, ainsi que le patron, ne se souviennent pas, sans toutefois en être absolument certains, qu'elle accompagnait Adèle à son arrivée la veille.

Une valise qui dégage une odeur forte et fétide. Un détail que ne peut oublier le malheureux employé chargé de raccompagner Adèle à la gare.

Mazia, qui s'est enfui avec la voiture de Schneck, la vend le lendemain à la moitié de son prix, 25 000 francs.

Qu'est devenue cette valise ? Où a disparu la malle ? Où est le cadavre de Schneck ?

Voilà les mystères que forces de police et de gendarmerie vont devoir élucider.

Le journal *Le Monde*, pourtant lu et respecté dans la famille Schneck depuis deux générations, publie un maigre feuillet sur la disparition de Max. Un feuillet qui respire la suffisance et le mépris pour ces faits divers qui passionnent les Français :

L'ANTIQUAIRE STRASBOURGEOIS « DIPARU »
AURAIT ÉTÉ ASSASSINÉ PAR INTÉRÊT

C'est, semble-t-il un crime d'intérêt bien banal qui est à l'origine de cette nouvelle affaire de « malle sanglante » placée soudain au premier rang des faits divers [eh oui, au premier rang, mon grand-père le méritait]. Mais on sait bien que ces aventures d'assassins fugitifs, traqués de ville en ville, font toujours recette surtout quand les meurtriers transportent avec eux le cadavre de leur victime.

Quoi qu'il en soit, la police n'a pas encore retrouvé la trace de Sigmund Mazia depuis son passage à la gare d'Austerlitz. Il est vraisemblable que l'assassin de l'antiquaire strasbourgeois s'est de nouveau réfugié en province. Son signalement y est connu, et l'on pense que son arrestation ne saurait tarder.

En une de *L'Aurore*, ce quotidien au titre si poétique, ce 17 juin 1949 :

LA CHASSE À L'HOMME EST OUVERTE
MAZIA N'A PLUS QU'UN JOUR D'AVANCE SUR LA POLICE

Les enquêteurs strasbourgeois, le commissaire principal Braech, l'inspecteur principal Vezli et les inspecteurs Bonnet et Erardi ont tout reconstitué du crime et du dépeçage.

Et à *L'Aurore*, on aime les dialogues. La scène s'intitule « Les porteurs bénévoles ». Le décor est planté par le journaliste. Dans le wagon, Mazia rencontre un camarade. On bavarde et on fait route ensemble. Le mort est toujours là ; une partie dans le filet du compartiment, une autre dans le couloir (quel sens du détail !). On arrive gare de l'Est.

– Aide-moi, dit Mazia. C'est lourd.

– Mais il y a du sang, fait l'autre, j'en ai plein les mains.

Et il ajoute en matière de plaisanterie douteuse, certes, mais d'une tragique opportunité :

– Tu ne transportes pas un cadavre au moins ?

– Tu veux rire, j'ai eu un accident d'auto. Tu vois ma tête et mes mains. Il y a mes vêtements dedans. Ils sont pleins de sang.

Puis les deux compagnons s'en vont dîner ensemble de bon appétit, nous précise avec vision *L'Aurore* avant de recréer cette dernière affirmation de Mazia :

– Cherchons un hôtel ensemble. Tu me donneras un coup de main, j'ai aussi des tapis là-dedans. Ça pèse.

France-Soir s'empare de l'affaire et montre tout son talent. Le banal fait divers du *Monde* devient, grâce à Pierre Lazareff et son équipe, un film d'horreur en Technicolor. En une du 17 juin :

PORTANT DANS DEUX VALISES UN CADAVRE DÉCOUPÉ, UN HOMME FUIT DE VILLE EN VILLE

(Enquête à Strasbourg de notre envoyé spécial Lomont et à Paris de Charles Blanchard.)

Depuis le 1er juin, un homme traqué fuit de ville en ville avec deux grosses valises renfermant un cadavre découpé en morceaux ; celui de son meilleur ami. Il est même passé par Paris. Pendant 48 heures, les valises sanglantes ont été entreposées à la consigne de la gare d'Austerlitz.

C'est un ami de la victime, Élie Lehn, qui n'avait pas vu depuis une semaine M. Schneck aux lieux où il avait l'habitude de le rencontrer qui alerte la police strasbourgeoise.

Le signalement de Mazia est donné dans toute la France.

Mazia Sigismond dit Bernstein. 21 ans, taille 1,65 m, petite moustache, tête entièrement rasée. 6 à 7 blessures sur la tête, une grande plaie sur l'occiput gauche, une grande plaie à l'arcade sourcilière gauche, main droite dans le plâtre, chapeau marron, large bord, chaussures en daim marron, semelles crêpe, complet marron rayé foncé.

Ainsi « marqué », il ne peut aller bien loin.

L'affaire de l'« homme à la valise » est lancée.

Des témoins l'ont vu. Ils ont vu la valise, certains l'ont portée. Ils ont reniflé l'odeur du sang. Ils ont vu des gouttes. Ils ont vu des flaques. Des porteurs de la consigne de la gare d'Austerlitz racontent. Le jeune homme au beau visage balafré qui leur a confié une lourde malle, deux valises à l'odeur forte, selon les versions. Pendant quinze jours, on le suit à la trace. Les polices de France, la presse, poursuivent « Le Petit Poucet aux taches sanglantes ».

France-Soir a de l'avance sur les autres titres.

Les journalistes fouillent dans les vies passées de Mazia et de Max Schneck.

Les journalistes sont-ils allés sonner chez l'ex-femme et le fils de Schneck ? Ils n'ont peut-être pas osé ou ont été éconduits.

Ils ont essayé de comprendre cette étrange amitié entre un beau jeune homme de vingt ans et ce vieillard de quarante-neuf ans. Liés par l'argent ? Les femmes ?

Les journalistes ont ainsi trouvé Muriel Dableau, une ancienne petite amie de Mazia. Ils l'ont aussi suivie à la trace. Ils ont sonné chez ses parents et publient leur adresse. 3, boulevard Biffaud à Saint-Cloud.

Mazia était passé avant eux. Il avait sonné et avait été éconduit.

Moi aussi, cinquante ans après, je l'ai suivie. Je suis allée 3, boulevard Biffaud à Saint-Cloud. Le boulevard n'existe plus. S'il a jamais existé.

Elle a connu Mazia en juin 1948. Elle a dix-huit ans. Ancienne petite amie, selon le journaliste de *France-Soir* qui l'a fait domicilier sur un boulevard qui n'existe pas.

En 1949, elle a aussi un fiancé. Il est ingénieur à Clermont-Ferrand. Est-elle aujourd'hui mariée avec un ingénieur à la retraite de Clermont-Ferrand ? À Saint-Cloud, il y a une famille Dableau dont le téléphone répond tristement dans le vide.

D'autres personnages hantent ces articles jusqu'au 18 juin 1949.

L'homme aux valises sanglantes est vu, reconnu,

découvert, dans des trains, des cars, sur des routes, dans des hôtels à travers toute la France. À Clermont-Ferrand. A-t-il demandé de l'aide à Muriel Dableau et à son fiancé ingénieur ?

Seule certitude, cette valise dont le sang continue de couler. L'odeur est répugnante. Les flaques tachent les souliers des témoins jusqu'au 18 juin.

Simon Mazia est arrêté à Marseille. Il raconte tout.

8

Mazia raconte tout. Et il faut tout réinventer. Oublier les flaques, l'odeur, le buste et la tête pourrissant dans une valise, les bras et les jambes dans une autre.

Dès les premiers aveux, racontent les *Dernières Nouvelles d'Alsace*, on constate que le côté macabre de ce drame, tel que de logiques déductions avaient permis de l'imaginer, n'était pas exagéré. Le journaliste ne se démonte pas. Pourtant les aveux de Mazia ne ressemblent en rien à ce qui est décrit ici.

Il faut d'abord raconter l'arrestation.

À Marseille, quai Rive-Neuve, depuis la veille, les inspecteurs de la police judiciaire veillent.

France-Soir: Les policiers sont là par hasard. Ils boivent un pastis sur le port.

L'Aurore des 18 et 19 juin :

11 h 45, quai Rive-Neuve à gauche du Vieux-Port, les pêcheurs viennent de finir la vente de poissons. Les écaillers s'apprêtent à recevoir les amateurs de violets et d'oursins à l'heure de l'apéritif, le soleil est chaud, la rue joyeuse, c'est là que s'ouvrent tous ces

truculents restaurants à bouillabaisse [et on sent là l'art du remplissage du journaliste payé à la ligne].

Le commissaire principal Bousquet et les inspecteurs Troin et Roustand jouissent de l'heure qui en vaut bien la peine. Ils marchent doucement vers le fort Saint-Nicolas de la Légion étrangère.

[*France-Soir* corrige. De ce quai, partent les bateaux pour la Palestine].

– Vé, ce type-là, fait soudain le commissaire en avalant de travers sa palourde.

– Il est bizarre, répond Roustand.

– Et ça ne serait pas...

Le « type » ressemble à n'importe quel baigneur qui, en ce mois de juin, commencent d'affluer : chemisette blanche, pantalon de flanelle grise, espadrilles blanches, béret basque. Il porte à la main un sac en toile caoutchoutée comme un bon jeune homme qui s'en va prendre un bain au « Roucas Blanc ».

Les deux policiers abordent l'inconnu :

– Police, votre nom.

[Et, très bizarrement, alors qui est logé sous un faux nom dans un hôtel de Marseille, il répond :]

– Mazia.

L'Aurore. Il commence ainsi sa confession :

Ce n'est pas la peine de vous presser, le cadavre n'est pas dans les valises. Max est venu me voir dans la bijouterie de ma mère. Il me proposait 10 000 francs pour une TSF, des chaises, une horloge.

Nous nous sommes violemment disputés. Il m'a fortement frappé à la tête à l'aide d'un triboulet et m'a blessé à la tête. Je me suis saisi d'un pistolet et je l'ai frappé. Il s'est évanoui. Pris de panique, j'ai placé son corps dans une malle. L'employé de la bijouterie est arrivé à ce moment-là. Je l'ai renvoyé. J'ai nettoyé les taches de sang. Je suis allé voir un médecin qui m'a bandé la tête. Puis je me suis rendu chez Schneck. La concierge m'a ouvert la porte. Il y avait 30 000 francs que j'ai pris, ainsi que des papiers d'identité et la clé de sa voiture.

Je suis allé me garer devant la bijouterie. J'ai demandé à des passants de m'aider à porter la malle sur le toit. J'ai conduit jusqu'à la tombée de la nuit et je suis arrivé dans la forêt de Saverne. La malle est tombée. Je me suis allongé sous un arbre afin de me reposer. J'ai entendu soudainement un craquement. Le couvercle de la malle s'est soulevé. Schneck était réveillé. Il marchait vers moi menaçant. Je me suis emparé de mon pistolet et j'ai tiré. Il est mort.

Une de *France-Soir* du 18 juin :

L'ASSASSIN AUX VALISES SANGLANTES EST ARRÊTÉ À MARSEILLE ; IL TENTAIT DE S'EMBARQUER POUR LA PALESTINE

Juste au-dessous :

CERDAN BATTU PAR LA MOTTA K-O TECHNIQUE AU 10e ROUND

En une des *DNA* le 18 juin :

MAZIA EST ARRÊTÉ A MARSEILLE

Pourtant, malgré ces titres flamboyants, quelle déception pour la presse. Les journalistes ne veulent croire à la version banale du crime telle que la raconte Mazia. Ils réclament des morceaux de cadavre.

Pour *Le Figaro*, cela ne fait pas de doute :

Mazia a découpé le corps en morceaux après l'avoir tué. Il a abandonné les débris macabres dans la forêt de Saint-Jean-Saverne près de Strasbourg. Tandis que l'assassin était conduit dans cette ville, des recherches étaient immédiatement entreprises. Dans le bois, au lieu-dit « Les quatre vents », les policiers ont trouvé deux malles ensanglantées contenant les restes de la victime.

France-Soir, encore en avance d'une info :

Mazia n'aurait gardé que la tête et les bras. Une partie du corps a été abandonnée dans la forêt. C'est l'hypothèse du commissaire Braetsch.

Mais malheureusement pour nos lecteurs de 1949, il n'y a ni valises sanglantes ni morceaux de cadavre dans la version donnée par Mazia au commissaire principal Bousquet.

Les porteurs de valise, les agents de consigne de la gare d'Austerlitz, tous ceux qui ont senti des odeurs pestilentielles, qui ont marché dans des flaques de sang, qui ont vu « de leurs yeux vu, je peux vous le jurer, monsieur l'agent » de lourdes valises tachées de brun, ont trop d'imagination. Ils ont trop lu ces romans de gare inspirés de la presse de 1922, celle qui titrait sur :

MADAME BESSARABO AVOUE, NOUVELLE RÉVÉLATION SUR L'AFFAIRE DE LA MALLE SANGLANTE

Nous sommes en 1949, il n'y a ni valises sanglantes ni malle odorante.

Les journalistes de 1949 sont persévérants.

Mazia, sans ses valises, continue à être nommé l'« homme aux valises sanglantes », réminiscence de l'avant-guerre où l'on pouvait compter sur une malle sanglante pour être une malle sanglante.

Le corps de Max Schneck est retrouvé par la police dans la forêt de Saverne.

Il est entier.

Les journalistes de 1949 ont de l'imagination.

Titre de *France-Soir* :

SCHNECK A ÉTÉ TUÉ DEUX FOIS

La nouvelle version vaut bien une malle sanglante.

L'odyssée de cet homme encore vivant après une nuit passée dans la malle d'osier [...] devait atteindre le culminant du grand-guignolesque où l'assassin s'aperçoit que sa victime vit encore. Les fourrés sont épais, le merle siffle à tue-tête. De sa prison étroite, Schneck se met à gémir. Il soulève le couvercle.

Mazia va aider les journalistes et faire plaisir à leurs lecteurs. Il offre à ceux qui veulent l'entendre, et ils sont nombreux, une interprétation adaptée.

Pour le quotidien *L'Aurore*, le récit de Mazia est destiné aux amateurs de films d'horreur.

Je vis le couvercle se soulever. Une tête sanglante, des yeux hagards. Je restai comme pétrifié. Quand il fut à ma portée, je lui portai un coup fatal de triboulet. Je le remis dans la malle dont je refermai le couvercle.

J'imaginais que le spectre de Schneck allait se manifester. J'ai armé le revolver de Schneck et j'ai attendu. Le couvercle s'est à nouveau soulevé. J'ai tiré. Je l'ai enterré et je suis parti.

Au *Soir*, quotidien publié à Marseille, l'interprétation verse dans le cynisme, le 20 juin 1949 :

SIGMUND MAZIA FAIT UNE CONFÉRENCE DE PRESSE DEVANT LE CADAVRE DE SON AMI SCHNECK EN FUMANT POSÉMENT CIGARETTE SUR CIGARETTE

Vous direz ce que vous voudrez mais s'il n'y avait pas eu ce coup idiot de mon arrestation à Marseille, eh bien on ne l'aurait pas retrouvée de longtemps la malle, cachée comme ça.

Le journaliste du quotidien marseillais est épaté par le professionnalisme de Mazia :

Il commente lui-même la technique de son opération. Vraiment, il ne se prend pas pour n'importe qui. Ce disant, il prend des poses, commente les récits des journaux.

[...] Le misérable, on dirait qu'il jouit d'être au centre de l'attention générale. Il commente lui-même volontiers la « technique » de son opération.

« J'avais pensé mettre la courroie. Comme ça, je pouvais plus facilement la tirer dans le fourré. »

Mais les journalistes sont furieux quand Mazia a la prétention de corriger leurs nombreuses erreurs.

Il épilogue sur ce qui est écrit dans les journaux.

Pour un peu, il aurait l'impudence de faire des mises au point et des rectifications.

MAZIA, CYNIQUE ET PRÉTENTIEUX

titre *L'Aurore* du 20 juin 1949.

L'arrestation de Simon Mazia doit permettre de retrouver le corps de Max Schneck et de révéler avec certitude la vérité. Les jours qui suivent vont au contraire brouiller davantage toute recherche de certitude.

En une de *France-Soir* du 20 juin :

LA MALLE SANGLANTE

Puis :

MAZIA VA GUIDER LES POLICIERS VERS LE CADAVRE DE SCHNECK QU'IL A CACHÉ DANS UNE FORÊT PRÈS DE SAVERNE

Sigmund Mazia est arrivé à 9 h 27 à la gare de Strasbourg. Il n'avait pas de menottes, ce qui lui permettait de porter sa lourde valise.

Une foule considérable de curieux l'attendait pendant le court trajet.

Il devrait conduire, cet après-midi, les enquêteurs dans la forêt de Saint-Jean-Saverne où il a enterré le cadavre et la malle sanglante.

Une équipe débarque au lieu-dit de « La Colonne » ; en tête, Mazia, suivi d'un capitaine, du commissaire, de deux inspecteurs, du juge d'instruction, des substituts, de la greffière et des envoyés spéciaux et photographes de presse.

Le cadavre et la malle sanglante sont retrouvés.

Et comme l'indique le journaliste des *Dernières Nouvelles d'Alsace*, la malle sanglante n'a rien de sanglant.

Tous posent fièrement pour une photo qui illustre les articles du 21 juin 1949.

Les *DNA* publient aussi une photo du capitaine André examinant la fameuse malle. Il est penché sur elle, les mains sur les cuisses. La légende :

Le capitaine André, de la section de gendarmerie de Saverne, examine la malle sanglante.

C'est une grosse malle d'osier, fermée par deux courroies de cuir. Elle est affublée de deux grosses poignées, simplement décorée de fines nattes d'osier.

Pendant toute mon enfance, la famille Schneck a trimballé ses affaires pour les grandes vacances de quais de gare en maisons de location dans une malle exactement identique.

Apparemment, pour mon père, cette malle d'osier n'évoquait aucun souvenir pestilentiel.

Avec l'arrestation de Mazia, tous espèrent enfin trouver une réponse satisfaisante. Une explication suffisamment intéressante pour vendre de la presse. Mais sans valises sanglantes et cadavre en morceaux, comment intéresser le lecteur ?

Chaque titre choisit son angle.

Pour *L'Aurore*, c'est celui de l'homosexualité. Comment comprendre autrement l'amitié entre un beau jeune homme de vingt ans et un vieillard de quarante-neuf ans ? On ne veut pas croire Mazia quand il parle d'une dispute financière qui aurait mal tourné. Aucun intérêt.

« Ça va, on connaît la chanson, coupe net le commissaire Bousquet. Tu es un petit voyou, Schneck te donnait 60 000 francs par mois et tu les perdais à la roulette de Niederbronn. Schneck en avait assez. Il n'était plus jeune. Il se trouvait malade et fatigué. Il voulait aller faire une cure à Cassel. Il avait besoin d'argent pour partir. Il t'a demandé de lui rembourser 200 000 francs. »

Les enquêteurs vont s'efforcer aujourd'hui de savoir quels étaient les rapports d'amitié entre M. Schneck et Mazia pour que le premier verse au second une rente importante de 60 000 francs par mois.

On peut s'attendre à bien d'autres choses encore qui n'ajouteront rien à l'horreur de ce qui se sait déjà mais qui situeront le crime dans une véritable atmosphère. [*L'Aurore*, 21 juin]

Que signifie « véritable atmosphère » pour le journaliste de *L'Aurore* ?

Que les rapports d'amitié ne sont pas de simples rapports d'amitié.

De manière très originale, les *DNA* choisissent d'instruire leurs lecteurs sur les nouveautés techniques en matière de morgue.

Grâce aux *DNA*, on connaît désormais tous les détails qui ont suivi l'ouverture de la malle et l'examen du corps.

C'est l'inspecteur principal de la PJ, Robert Mauherhan, qui avait bien connu la victime, qui a été chargé de reconnaître le corps. Il ne put le faire, le cadavre était dans un état de putréfaction complète. Les restes de l'infortuné Schneck gisaient, incroyablement petits. Le panier fut posé sur la bascule où il accusa le poids net de 48,9 kg. Un drap recouvrait la tête de l'antiquaire, enveloppé d'un plumon et d'une couverture piquée jaune. Personne ne fut incommodé car la purification de l'air s'opérait grâce à l'appareil à ozone [...].

Le Pr Simonin, seul avec ses aides, descendit ensuite au sous-sol où il procéda à la radiotypie des restes macabres sous l'appareil spécial dont il dispose depuis peu.

Cet appareil entre donc en fonction pour la première fois à l'Institut médico-légal de Strasbourg, doté des derniers perfectionnements de la science qui fait de lui une véritable clinique mortuaire sans doute la plus perfectionnée d'Europe.

Peut-on ressentir quelque fierté à ce que les restes de votre grand-père aient les premiers subi les examens d'un nouvel appareil ?

Il n'y a pas de petit bénéfice. « Première fois », « nouveau » sonnent certainement mieux que « dernière fois, promis juré » ou « vétuste et déglingué ».

Le rédacteur en chef des *DNA* doit être si fier de cette « première » que, dès le lendemain, il consacre une pleine page à la « clinique mortuaire » du Pr Simonin.

Et on peut lire cette conclusion : Les familles

n'auront plus à s'effrayer du séjour d'un de leurs membres dans ce lieu qui a perdu son caractère macabre et rebutant pour devenir une « clinique mortuaire ».

Paulette est-elle allée reconnaître le corps de son mari ?

A-t-elle été rassurée par l'absence de caractère macabre de cette clinique mortuaire ?

C'est *France-Soir* qui frappe le 21 juin avec ce titre qui change tout :

MAZIA, LE MORT RESSUSCITÉ ? UNE HISTOIRE MARSEILLAISE

L'article est illustré de deux photos légendées ainsi :

Mazia se penche avec beaucoup de sang-froid sur la malle où gît la victime.

La cigarette aux lèvres, l'assassin tient une « conférence de presse ».

Dans sa prison de Strasbourg, Mazia, l'assassin aux valises sanglantes, attend que reprenne son interrogatoire. Un premier point est élucidé.

Mazia a tué son ami l'antiquaire Schneck et l'a vraisemblablement fait dans la bijouterie de sa mère à Strasbourg. L'histoire de ce mort se dressant par deux fois dans la malle d'osier qui lui sert de cercueil est pure invention.

« Une histoire marseillaise », a avoué Mazia lui-même qui fait le récit de ses macabres exploits avec une inconscience désarmante.

Il y a discussion puis lutte. L'antiquaire s'est saisi d'un pistolet pour le braquer en direction de Mazia. L'arme est bloquée par un cran de sûreté. Schneck s'en saisit alors pour frapper son adversaire. Mazia prend le dessus. Il saisit le pistolet automatique et tire deux coups visant la tête de Schneck qui s'effondre pour ne plus bouger ; il est bien mort.

Bang, bang, c'est la fin de l'affaire de la malle sanglante.

9

Paulette n'a conservé que deux lettres de son fils.

La première a été écrite sur une feuille déchirée d'un cahier d'écolier. Elle date du 10 mai 1950.

Fin juin 1949, mon père a demandé à quitter le lycée Turgot pour préparer son bachot à Orsay, un internat où l'on étudie la philosophie juive.

Dès le 12 mai 1950, la presse, qui a abandonné la famille Schneck pendant toute l'année, évoque le procès de l'année qui doit s'ouvrir devant la cour d'assises du Bas-Rhin.

Mon père a dix-sept ans. Il semble vivre dans un autre monde, sans valises sanglantes, sans Simon Mazia.

Maman et papa chéris

Votre coup de téléphone m'a beaucoup affecté. Que vous ayez pu songer que je ne pensais pas à vous, voilà qui est bien de vous, comme si je ne voudrais pas venir vous voir chaque semaine.

Je n'ai pas réagi sur le coup quand vous m'avez dit que Papa Eugène avait des ennuis avec son cœur. J'espère que ce n'est pas grave au moins. Décidément vous n'aviez pas assez de soucis et moi non plus. [...]

Je travaille très dur pour mon bachot. J'ai la grande joie, le bonheur et l'heureux privilège de vous annoncer que j'ai grandi de 1,5 centimètre. Applaudissez.

Jamais, je ne saurai assez vous remercier pour cette année, ce sera une des plus décisives de ma vie. Je pense au monde à côté duquel je serais passé sans jamais douter qu'il existe, je pense à la formation intellectuelle que j'acquiers ici, je me rends compte que c'est toute ma structure de pensée qui change. Je peux vous dire à présent que je n'avais pas un esprit sain, je gesticulais ma vie, alors que maintenant je gestualise ma vie.

Au fond, la grande chose que j'ai découverte c'est la différence entre être dans le monde et vivre dans le monde. Même la conception de mes parents était fausse, je pensais que puisque vous faisiez des sacrifices pour moi, je vous devais de la reconnaissance et du respect et « uniquement » pour cela. Je n'avais rien compris.

Tendrement à vous,

Gilbert

Cinq jours plus tard, le lundi 15 mai 1950, s'ouvre le procès de Sigmund Mazia dit Simon. Il est inculpé d'homicide volontaire, suivi de vol qualifié. Ses avocats sont Mes Georges Merckel et Lucien Baumann. L'accusation est soutenue par le substitut Pottecher.

L'avocat de la partie civile, mon père, est Me Weil.

Le procès dure trois jours.

Les journalistes espèrent beaucoup. Le procès fera salle comble, prédisent-ils. En particulier *L'Aurore*, qui mise sur une liaison homosexuelle entre les deux hommes afin d'attirer le lecteur.

Et l'on n'a pas encore su quel genre de liens unissent les deux hommes. Il se peut qu'à ce propos se produisent à l'audience de sensationnels coups de théâtre.

Mais, dès le premier jour, le doute s'installe. Le procès tiendra-t-il ses promesses ?

Simon Mazia, qui tenait des conférences de presse improvisées après son arrestation, reste silencieux.

France-Soir :

MAZIA L'ASSASSIN SOLITAIRE S'EST RENFERMÉ SUR LUI-MÊME

Les *Dernières Nouvelles d'Alsace* :

RIEN DE SENSATIONNEL AU PROCÈS MAZIA

Comment un fait divers aussi palpitant a-t-il pu déboucher sur un procès aussi ennuyeux, regrette la presse.

Puisqu'on manque de révélations sensationnelles,

les journalistes commentent en tombant dans le plus évident mépris.

« Qu'il est joli garçon l'assassin de papa » a fait dire à Chimène un joyeux pasticheur de Corneille. C'est qu'il est beau gosse, l'assassin de Schneck, se sont répété les belles dames en quête d'émotions fortes qui ont pris d'assaut le palais de justice pour y venir frissonner devant la malle qui fut sanglante. Mais il faut le noter d'entrée, le public qui faisait la queue a été déçu.

France-Soir croit encore dans l'affaire et lui trouve un nouveau nom :

PETIT POUCET À LA MALLE SANGLANTE

Les jurés de Strasbourg jugent aujourd'hui d'un des crimes les plus étranges du demi-siècle.

C'est le physique de l'assassin qui intrigue. Il n'a ni l'allure, ni l'étoffe d'un criminel tel que l'on se les imagine.

Les avocats de Simon – je me permets de l'appeler par son prénom, je le fréquente depuis quelques mois maintenant –, Mes Merckel et Baumann, dessinent un autre portrait du meilleur ami de Max.

Il a tout juste seize ans quand il s'engage le 24 mai 1944 comme FFI dans le maquis de Vabre (Tarn). Il participe à l'attaque d'un train blindé allemand à Mazamet.

Le 7 août 1944, il demande à entrer dans le

Commandement de la résistance juive de la région de Toulouse. Il n'est pas accepté en raison de son âge. Un certificat du commandant du groupe daté du 20 décembre 1944 témoigne de son courage et de sa loyauté.

Ce certificat lui permettra d'être naturalisé français en 1949. En raison de son arrestation, ce décret est annulé. Simon est à nouveau roumain au moment du procès.

Les témoins de la défense comme ceux de l'accusation voient en Simon Mazia un « être doux, pondéré, correct et serviable ».

Il passait ses soirées chez sa fiancée.

Seul l'employé de la bijouterie raconte les incessantes disputes entre Simon et sa mère. Le magasin marchait moyennement et parfois, pour des questions de dépenses, Simon frappait sa mère.

Le président de la cour doit rappeler plusieurs fois à l'ordre les mêmes témoins lorsqu'ils évoquent la victime. « Malade, atteint de la maladie de Parkinson, un grand nerveux, capable de violences et de brutalités aux activités mal définies. » Le président est obligé de renvoyer certains témoins trop haineux à l'encontre de la victime.

Quels liens peuvent unir un jeune résistant et mon grand-père, qui s'est contenté de passer la guerre « à faire du trafic de marks et de dolleurs », selon Paulette ?

C'est à Périgueux, où tous les deux sont réfugiés pendant la guerre, que Simon et Max font connaissance.

Les avocats de la défense ont une analyse trop

banale, pour la presse, des relations entre les deux hommes.

Simon présentait à Max des personnes rencontrées dans la Résistance et susceptibles d'aider Max dans ses affaires. Max employait Simon comme chauffeur et le rémunérait.

En 1948, le père de Simon meurt et Max aide son ami à liquider les biens de son père.

Une salle à manger en chêne, un poste de radio, des disques.

Simon en veut 50 000 francs. Max lui en propose 10 000. La conversation dégénère. « Max est un très bon homme d'affaires », a écrit Paulette dans son autobiographie de cinq pages.

Max rappelle à Simon le prêt qu'il lui a fait quinze jours auparavant.

Le chroniqueur judiciaire des *DNA* est le seul à se poser la question :

Sans vouloir se mêler de ce qui est l'affaire des juges, on peut trouver étrange qu'on n'ait point évoqué, au cours de ces journées, ce milieu de marchands d'or et de broutilles.

De l'argent, les juges et les avocats préfèrent glisser vers l'amour.

Un des avocats mime ce dialogue entre Max et Simon.

« Je n'aime pas quand tu embrasses Marceline, dit Simon.

– Et moi, tu crois que j'ai apprécié la manière dont tu t'es conduit avec Jeanne ? » remarque Schneck.

Jeanne, ce nouveau personnage, a été la maîtresse de Max. Une ancienne prostituée qu'il aurait sortie du ruisseau et qui l'a quitté quelques jours auparavant. Il accuse Simon d'avoir poussé Jeanne à ce départ. Il en souffre. Jeanne est l'amour impossible de Max. G.I., l'ami d'adolescence de mon père m'avait dit : « C'est l'histoire d'une compétition amoureuse de deux hommes pour la même femme. » Jeanne est mon deuxième prénom, choisi par mon père.

Cette séquence plaît beaucoup à l'envoyé spécial de *France-Soir*, qui conclut à propos de Schneck : C'est un homme nerveux, instable, un personnage de *Quai des Brumes*, noir de complexe, comme de peau.

Il faudra attendre le deuxième jour du procès pour que soient abordées les questions qui ont passionné les amateurs de faits divers.

Où Max a-t-il été tué ?

Dans la boutique de la mère de Simon ou, plus tard, dans la forêt de Saverne après avoir soulevé le couvercle de la malle en osier telle une terrifiante marionnette ?

Le Pr Simonin et sa « clinique mortuaire » ultra-perfectionnée sont là pour satisfaire la curiosité de chacun.

Simon avoue avoir frappé Max avec un triboulet puis avoir tiré avec le revolver de son ami. Max l'a d'abord frappé d'une vingtaine de coups de crosse sur le crâne. Simon le frappe à son tour avec le triboulet qui pèse 720 grammes et fracasse le crâne de son ancien ami en une vingtaine de morceaux, précise le Pr Simonin.

À ce stade, Max tombe dans le coma, selon l'expert médical.

Pourtant, Simon se saisit du revolver et tire.

« J'ai vu alors ses mains se cramponner à moi, son regard m'a affolé et j'ai tiré.

– Cependant votre vie ne semblait plus menacée à ce moment, estime le président.

– C'était instinctif. J'ai tiré, je ne savais plus ce que je faisais.

– Quoi qu'il en soit, poursuit le président, le geste de défense que vous invoquez contredit le Pr Simonin qui affirme que la commotion cérébrale ressentie par Schneck lui a fait perdre connaissance en sorte qu'il en était réduit à l'impuissance. Alors pourquoi ce coup de revolver ?

– J'ai eu peur. »

Mais il y a cette douille retrouvée à côté de la malle dans la forêt.

C'est une balle de calibre de 7,55 mm, celui du revolver de Schneck, selon les enquêteurs.

Cette trouvaille fournit la preuve que l'antiquaire a bien été achevé dans les bois, comme Simon l'a d'abord déclaré après son arrestation, avant de traiter ses propres aveux d'histoire marseillaise.

Mais l'instruction peine à prouver quoi que ce soit. Les enquêteurs n'ont jamais retrouvé l'arme du crime.

Les journalistes sont désarçonnés. Les lecteurs, eux, ont dû se sentir floués. On leur avait promis du sang et même du sexe. La victime n'est pas sympathique, gagnait étrangement sa vie. L'assassin est beau et a l'air d'un bon garçon. Mais il déçoit, c'est un ancien résistant qui a participé à une attaque armée et pourtant prend peur devant un vieillard affublé d'un revolver dont il ne sait pas se servir.

Si je n'avais pas vu mon grand-père en lettres grasses dans *France-Soir*, j'aurais eu tant d'autres articles à lire. Par exemple, la découverte par l'envoyé spécial à New York de l'importance prise par la télévision.

Je suis à peu près persuadé que dans un délai de trois années, la télévision aura porté des coups mortels à la radio, au cinéma parlant stupidement commercial, aux sports professionnels et à la presse godiche des grandes informations anonymes.

Le dernier jour du procès, Simon Mazia fera cette courte déclaration :

Je n'ai rien contre Schneck que j'ai tué. On s'est battus et je ne savais pas ce que je faisais. Je me défendais et je rendais les coups.

Pourquoi aurais-je fait tout cela ? J'étais un garçon heureux et, en un jour, j'ai tout perdu.

Simon Mazia a tué. Le procès ne permet de comprendre ni pourquoi ni comment.

Le rôle de la mère de Simon, Mme Bernstein, n'a pas été abordé. Son étrange embauche à l'auberge de Stambach n'a pas été mentionnée.

L'utilisation d'une fausse carte d'identité, au nom de Max Schneck, mais avec la date de naissance de Simon Mazia, n'a troublé personne.

Dans ses moindres détails, l'attention portée par les journalistes au procès est flottante.

La voiture de mon grand-père est une « Wescelet », une marque tchèque dans *France-Soir*. Dans les *DNA* du même jour, la voiture devient une « Wosceley » anglaise. Tous s'accordent sur la couleur : elle est grise.

Le 16 mai 1950, Simon Mazia est condamné à douze ans de travaux forcés. Sur ce point, les journaux sont unanimes.

Le 18 mai, mon père passe les épreuves écrites de la première partie du baccalauréat. Le journal *Le Monde* publie le lendemain, les sujets de l'épreuve de philosophie de la région parisienne. Ils ont quatre heures pour traiter le sujet choisi, et parmi eux :

Expliquez et discutez cette pensée : « Il y a deux passés : le passé qui a été et qui est aboli et le passé qui dure encore pour nous comme partie intégrante de notre vie. »

10

Simon Mazia a vingt-deux ans quand il est condamné. Il a dû sortir de prison à la fin des années 1950.

L'assassin de mon grand-père, s'il est toujours en vie, doit avoir soixante-dix-sept ans.

Un S. Maziah dans l'annuaire à Strasbourg.

Une femme me passe un homme à la voix âgée.

« J'écris sur la vie de Max Schneck. Je crois que vous l'avez bien connu ?

– Non, cela ne me dit rien mais je vais me renseigner, je vais demander dans mon entourage.

– C'est quelqu'un qui a eu une vie tumultueuse, très romanesque, qui aimait beaucoup les femmes. Il était réfugié à Périgueux pendant la guerre.

– Comme moi. Mais c'est l'aspect judiciaire qui vous intéresse ?

– Non, on a déjà écrit sur le sujet.

– Donnez-moi votre numéro de téléphone, je réfléchis à qui pourrait vous renseigner. »

Je raccroche et je jubile. J'ai trouvé l'assassin. Il

s'est dévoilé, il est le premier à avoir évoqué l'aspect judiciaire.

M. S. Maziah est Simon Mazia. Il habite encore à Strasbourg. Il a refait sa vie. On se serre la main. Il me demande de lui pardonner. Lui ne s'est toujours pas pardonné d'avoir tué Max, son meilleur ami. Il me raconte tout. Comment Max a financé les activités de résistance de son groupe. Max est un héros. Il me montre des photos.

Le lendemain, je rappelle M. Maziah. Il est d'origine tunisienne. C'est moi qui ai évoqué l'« aspect judiciaire » de la vie de S. Maziah. Pas lui.

En 1949, Simon a une fiancée. Elle s'appelle Marceline Lander. Elle donne naissance à une petite fille. Il la nomme Simone et la reconnaît.

Marceline viendra témoigner le premier jour du procès.

Il y a une dizaine de Lander à Strasbourg.

Lander Anneliese
21 r Veaux 67000 STRASBOURG
03 88 31 XX XX
Ne parle pas français.

Lander Christine
10 all Cèdres 67000 STRASBOURG
03 88 41 XX XX
Lui laisse un message. Elle rappelle :
Ne connaît pas de Marceline ni de Simone.

Lander Eric
23 r 1ère Armée 67000 STRASBOURG
03 88 35 XX XX
Ne connaît pas de Marceline ni de Simone.

Lander Henri
17 r J. Kahrle 67000 STRASBOURG
03 88 45 XX XX
Personne portant ces prénoms dans sa famille.

Lander Jacob
7 r Frères Erberts 67100 STRASBOURG
03 88 44 XX XX
Non, pas de la famille.

Lander Jacques
3 r Shirmeck 67000 STRASBOURG
03 88 35 XX XX
Laisse plusieurs messages. Ne rappelle pas.

Lander Marc, dentiste
11 r Cannes 67200 STRASBOURG
03 88 29 XX XX
Pas de répondeur.

Lander Frédérique, psychomotricienne
14 bis rte Fédération 67000 STRASBOURG
03 88 21 XX XX
Me propose de la rappeler le lendemain. Elle va demander à son grand-oncle.
Le lendemain : Non, pas de la famille.

Aucun des Lander de Strasbourg ne connaît de Marceline ou de Simone, dont on disait pourtant en 1950 que « leur famille est honorablement connue à Strasbourg ».

Mail à l'attention du service des petites annonces des Dernières Nouvelles d'Alsace :

Pouvez-vous passer l'annonce suivante dans Les Dernières Nouvelles d'Alsace, merci beaucoup, Colombe Schneck :

Journaliste cherche à contacter ou informations sur les personnes suivantes :

MARCELINE LANDER née en 1930 env.

sa fille SIMONE née en 1947.

SIMON MAZIA né en 1929.

Réponse du service concerné :

Malheureusement je ne peux donner suite à votre demande pour les raisons suivantes exposées par le journal : protection de la vie privée, pas de nom de famille cité sans le consentement de l'intéressé sauf par voie judiciaire.

Sincères salutations.

François MALORO

Monsieur Maloro,

Est-il possible de passer une annonce avec les prénoms et la première lettre du nom de famille ? Marceline L., née en 1929 et Simone née en 1947 ?

Madame Schneck,

Dans ce cas précis et après avis du journal, c'est

toujours non. Pour eux, la demande prête à confusion pour leur lectorat.

Sincères salutations.

François MALORO

Chère rédaction des *DNA*,

En 1949, mon grand-père se retrouve, par erreur, dans votre journal, coupé en morceaux, baladé ainsi dans un train et cinquante ans après, vous me donnez des leçons de pudeur ?

Je reprends l'enquête téléphonique.

« Mais QuiDonc porte ce nom ? » proposent les Pages jaunes sur Internet.

Votre requête : « MAZIA » correspond à :
6 réponse(s) en orthographe exacte (liste 1-6)

VAL DE MARNE (94)
Mazia François
2 r Auguste Plat 94260 Ris Orangis
01 62 02 XX XX

Il ne connaît pas ce monsieur.

GUYANE (973)
CAYENNE (97300)
Mazia Gentianne
47 av du Charles de Gaulle 97300 CAYENNE
0594 31 XX XX

Mazia Marin
r Molé 97300 CAYENNE **0594 31 XX XX**

Mazia Nicole
r François Arago 97300 CAYENNE
0594 31 XX XX

SAINT LAURENT DU MARONI (97320)
Mazia Nicolas
59 résid Marinas 97320 SAINT LAURENT DU MARONI **0594 34 XX XX**

Mazia Josepha
234 r Thiers 97320 SAINT LAURENT DU MARONI **0594 34 XX XX**

Il me reste donc cinq Mazia à contacter. Ils sont tous à Cayenne.

Simon Mazia a été condamné à douze ans de travaux forcés à Cayenne en 1950. C'est ce qui est écrit dans les journaux.

Les Mazia sont les descendants de l'ancien bagnard.

Je me vois déjà retrouvant à Cayenne les enfants de Simon Mazia. Simon Mazia lui-même, heureux de pouvoir s'expliquer. Il me raconte quel homme extraordinaire était mon grand-père. Le malheureux accident qui a conduit à la mort de Max. « Pas un jour depuis ce funeste 2 juin 1949, je n'ai cessé de penser à Max, à son fils. » Simon, soixante-dix-sept ans, est encore beau, séducteur. Il raconte leur amitié, passionnelle, les femmes qu'ils se disputaient, Jeanne, Marceline. Marceline qui aimait Simon, si jeune, Jeanne surtout, qu'ils aimaient tous les deux, Max, si flamboyant. Henri-Pierre Roché, l'auteur de *Jules et Jim*, a volé leur histoire, belle et tragique. Cette histoire de triangle amoureux, livre de chevet de mon père. Je vois la scène de film tirée de mon enquête. Mon père, aux amours successives et aux conséquences tragiques.

J'appelle la première Mazia de la liste à Cayenne.

Gentianne répond, il est 16 h 30 à Cayenne, 20 h 30 à Paris.

« Non, il n'est pas trop tard pour téléphoner. »

Elle ne s'étonne pas de mes questions. Elle se pose les mêmes.

« Avez-vous un lien avec Simon Mazia ?

– Je ne sais pas. Je ne sais pas qui sont mes parents. Je crois que le nom de mon père est étranger, peut-être espagnol. Si vous avez des informations sur mes parents, j'aimerais tant savoir qui ils étaient.

– C'est peut-être Simon Mazia, il est né en Roumanie en 1929 ? Les autres Mazia de Cayenne, vous les connaissez ?

– Nicolas, c'est mon fils, Nicole, ma sœur, Marin, mon petit frère, Josepha ma belle-sœur. »

Simon Mazia serait le père inconnu de Gentianne, Marin et Nicole.

On peut imaginer une autre scène pour le film : Partir pour Cayenne avec les photos de Simon Mazia et dévoiler à ses trois enfants que leur père a tué mon grand-père ? Un truc grandiloquent. Ridicule.

Un deuxième appel à Gentianne à Cayenne.

Avec ses frère et sœur, ils ont parlé. Ils ne savent qu'une seule chose de leur père : il est né en 1915 en Martinique.

Lettre de la chargée d'études des archives des centres de détention d'outre-mer :

Madame,

En réponse à votre message du 3 mars 2005, je vous confirme que les bagnes coloniaux ont été supprimés par un décret-loi du 17 juin 1938 et que les derniers convois pour la Guyane sont partis cette année-là.

Toutefois, les condamnés en cours de peine sont restés en Guyane et les derniers rapatriements n'ont eu lieu qu'en 1953.

Il n'y a pas de fiche au nom de Simon Mazia dans le fichier (global) des bagnes coloniaux. Pour en savoir plus sur sa condamnation, je ne peux que vous orienter vers les archives départementales du Bas-Rhin. À ma connaissance, la peine des travaux forcés aurait été supprimée en 1945, mais peut-être y avait-il des exceptions ?

Je vous prie d'agréer, Madame, l'expression de ma considération distinguée.

Jacqueline Charmant

Chargée d'études documentaires

Simon Mazia n'a certainement jamais mis les pieds à Cayenne.

Les informations publiées par les journaux sont « fantaisistes et lacunaires », comme je l'écris au président de la cour d'assisses de Strasbourg afin de justifier une copie du dossier judiciaire.

Une lettre est rédigée à l'attention du président de la cour d'assises de Strasbourg afin d'obtenir une copie du dossier judiciaire Schneck contre Mazia. Elle est postée le 20 janvier 2005.

Trois mois et sept appels téléphoniques plus tard, le 27 avril 2005, j'obtiens une réponse orale.

Une jeune femme, loin d'être désagréable malgré ses propos, répond :

« Le dossier n'est plus à Strasbourg. Un certain nombre de dossiers ont été transmis aux archives départementales. Je n'ai aucun moyen de vérifier si votre dossier leur a bien été transmis. Ces dossiers sont enregistrés sous des numéros sans mention des noms. Il faut refaire une nouvelle demande et engager une procédure de dérogation auprès des archives départementales du Bas-Rhin. Je suis vraiment désolée de vous avoir fait perdre autant de temps. »

Et pour prouver sa bonne foi, elle me donne le numéro des archives qu'elle cherche pour moi dans son annuaire personnel.

Aux archives départementales, la bibliothécaire est très encourageante : « Nous allons vous donner une réponse sous quinze jours », puis se lance dans une explication qui devient rapidement désespérante.

« Il faut d'abord que ma supérieure hiérarchique reçoive le courrier et le distribue. Le mode choisi par l'administration en la matière est le courrier lent. Ne me demandez pas pourquoi. Ensuite, nous sommes deux à faire les recherches et il y a trente kilomètres de rayonnages. Mais, à cette étape, ma collègue et moi pouvons agir promptement. Ensuite, si nous avons le dossier, il faudra remplir un dossier de dérogation qui sera renvoyé au président de la cour d'assises ainsi qu'aux archives nationales. Écrivez-nous la lettre le plus détaillée possible. »

Ce que ne sait pas cette bien informée fonctionnaire, c'est que, quelques semaines plus tôt, désespérée par l'absence de réponse du président de la cour d'assises de Strasbourg, j'ai appelé les archives départementales du Bas-Rhin et je suis tombée sur sa collègue, un monstre d'efficacité, Mme J.

Elle a pris en note ma demande, nom, dates, mes coordonnées, et m'a courageusement demandé de la rappeler le lendemain. Elle est partie vaillamment à l'assaut des trente kilomètres de rayonnages. Elle a trouvé le couloir de la cour d'assises, avec ses morts et ses assassins. Elle s'est dressée devant l'année 1950. De sa main gantée, se protégeant ainsi d'années de poussière, elle a parcouru les mois : janvier, février, mars, avril et ce fameux moi de mai – où Paulette a pris seule le train pour Strasbourg afin de témoigner en faveur de son ex-mari. « Un honnête homme, tu sais. Ses petits-enfants doivent savoir. » Ce mois où elle a refusé que son fils aille témoigner. Son fils qui passait son baccalauréat.

Le 16 mai 1950, date de la condamnation de Simon Mazia. Mme J. a frotté ses gants pour en retirer la poussière. Et se saisir du dossier.

Elle a retiré ses gants et les a remis dans les poches de sa blouse. Ils n'étaient plus nécessaires.

Le dossier judiciaire Schneck contre Mazia n'existe plus.

11

Paulette a décidé que Max était mort. C'est tout ce qu'il y avait à dire. C'est déjà beaucoup. Quand son deuxième mari est mort, elle n'a pas voulu qu'on l'annonce à ses petits-enfants. Ils l'ont appris par une gaffe de leur baby-sitter.

Quand elle passait ses après-midi avec ses amies, Mme Gold et Mme Bern, l'une d'elles a-t-elle posé une question ?

Elles s'appelaient comme cela, « Mme Gold m'a dit ça », « la pauvre Mme Bern a fait ça », jamais par leurs prénoms. Elles se connaissaient depuis la guerre. Aujourd'hui, elles sont mortes toutes les deux. Paulette s'est-elle confiée à l'une d'elles ?

Toujours « trop ci » et « pas assez ça », ses amies ne sont pas assez bien pour elle. Leur principal défaut, c'est d'avoir refusé d'abdiquer devant les six diktats de Paulette :

– Mon fils est le plus intelligent.

– Mon fils est le plus gentil avec sa mère.

– Mes petits-enfants sont les plus intelligents.

– Mes petits-enfants sont les plus gentils avec moi.

– Je suis la plus élégante des femmes de votre entourage.

– Je suis la meilleure cuisinière des femmes de votre entourage. Et ne vous attendez pas à ce que je vous fasse des faveurs, du type donner une recette de cuisine.

Un sentiment de pitié sur ce qui lui est arrivé en juin 1949 ne rentre absolument pas dans le programme de Paulette.

Et avec son fils ?

Le règlement est différent.

1) Je suis la plus malheureuse.

2) Je suis au bord de la mort.

3) Ta femme est méchante.

Comment l'assassinat de Max pouvait-il s'intégrer dans ce cadre ?

Paulette a-t-elle dit à son fils, en juin 1949, que son père avait disparu ? Que « toutes les polices de France », comme l'écrit Charles Lomont, l'envoyé spécial de *France-Soir*, étaient à la recherche de deux valises sanglantes, l'une contenant la tête, l'autre les jambes de son père ?

Ou a-t-il appris par une gaffe de la voisine que son père, « homosexuel notoire, avait été assassiné par un jeune éphèbe » ?

À l'âge adulte, mon père a bien dû tenter un rapprochement, l'échange de quelques mots.

Il y a une deuxième lettre de mon père adressée à Paulette.

Elle date du 21 décembre 1972 et a été rédigée sur

une ordonnance du Dr G. Schneck, stomatologiste. Mon père va avoir quarante ans dans quelques jours.

Chère maman,

J'ai été touché, plus qu'habituellement, par le paquet que m'a apporté Papa Eugène tout à l'heure, et par ton petit mot. [...]

C'est vrai que c'est toujours sur soi que l'on s'attendrit, et l'évocation de mes quarante ans, les tiens, les miens ont été pour le reste.

C'est vrai aussi que cette année l'inquiétude commence à montrer son nez et invite aux bilans.

Ce n'est pas sans raison que j'ai périodiquement depuis plusieurs mois l'envie de te parler, de te faire parler. Ce devrait être possible à présent, à nos âges, pour nos instructions personnelles, sans la gêne ou l'irritation ou les défenses des gens trop jeunes...

Je souhaite que nous y arrivions cette année.

Merci encore très fort,

G.

L'ont-ils fait ?

Je me souviens de mon père sortant de chez sa mère, fou de rage. La honte s'était-elle transformée en rage ? Pour ses enfants, il n'y avait ni rage ni honte. Il était toujours gai et plein de surprises. Comme s'il s'attendait à mourir jeune, il nous disait :

« C'est important de vous donner des souvenirs forts, pour que vous les gardiez toute votre vie. »

Comme mon père, c'est à mon tour, il y a quelques mois, d'oser une allusion. La bouche de Paulette se tord. Elle reste silencieuse. Puis elle pousse un gros soupir, comme elle sait si bien le faire.

« Non, il ne faut pas lui en parler, cela lui fera de la peine », explique ma sœur qui a bon cœur.

Je suis égoïste, comme Paulette, je veux savoir. Quand une pensée légèrement paranoïaque me traverse l'esprit, c'est mon côté Paulette qui surgit. Quand, exceptionnellement, j'ai bien agi, c'est mon côté Ginda.

En ce moment, je suis plutôt Paulette.

« On a le droit d'être pas sympa avec quelqu'un qui n'est pas sympa, même si cette personne est très très vieille. » C'est une règle qui me convient parfaitement.

Souci : Paulette joue beaucoup mieux à la Paulette que n'importe qui.

Comment lui poser les questions sans qu'elle devienne sourde ?

Une technique de torture qu'elle applique à l'encontre de ceux qui lui rapportent des informations qui la gênent. Antoine a retrouvé une fille d'une sœur de Paulette. Paulette s'est fâchée avec sa sœur, il y a trente-cinq ans, pour des raisons obscures. Elles ne se sont jamais revues.

La nièce aimerait rencontrer sa tante.

Paulette n'entend rien. Antoine articule puis hurle.

« Une nièce.

– Une pièce ? Mais pour quoi faire, c'est assez grand chez moi ! »

Quelle technique d'interrogation utiliser avec un être aussi retors ?

Je recommence avec la flatterie, technique un peu usée :

« J'écris un livre sur toi. »

Son regard s'illumine puis elle prend un air désolé :

« Celui que j'ai commencé ? Aujourd'hui je ne peux pas continuer. Regarde mes pauvres mains. »

Elle pense qu'elle peut compter sur moi pour faire de sa vie un chef-d'œuvre.

« Que faisait Max pendant la guerre ?

– Il était volontaire, il a fait un stage dans l'armée française pendant quinze jours comme sous-lieutenant. Ils ne l'ont pas gardé. Il n'avait pas la nationalité française.

– Tu as gardé ses papiers militaires ?

– Une nuit, j'ai eu 39,4° de température et j'ai tout déchiré. »

Elle s'emporte sur le fait qu'elle aurait pu toucher de l'argent comme veuve de guerre de son deuxième mari. Mais qu'elle a aussi déchiré ses papiers à cause de sa fièvre. Trop longue et inutile digression ?

Elle se lève. Revient avec une ordonnance et me demande de la lui lire pour la quatrième fois en moins d'une heure.

Je sens le sujet s'éloigner. J'opte pour la fermeté. Au moins j'aurai posé la question. Personne ne pourra me reprocher d'avoir tourné autour.

Bang, j'y vais. Je parle fort, j'articule :

« C'est pendant la guerre que Max a rencontré Simon Mazia, son assassin ? »

Et bang, elle répond :

« Tu sais, cette nuit, j'ai rêvé de l'assassin. »

Elle le dit très simplement, comme si le sujet était anodin, comme s'il n'était pas tombé dans un trou béant pendant cinquante-six ans.

« J'ai rêvé qu'il portait une valise. Du sang coulait. Il avait un énorme couteau de boucher, couvert de sang. Je me suis levée et je suis allée chercher ce couteau à côté de l'évier. Cela fait combien de temps, cette histoire, dix ans ?

– Cinquante ans.

– Mais pourquoi tu me poses ces questions ? »

Et là, j'ai très peur que tout s'arrête.

Elle a les yeux rouges.

« C'est incroyable que tu me poses ces questions, et cette nuit, je rêve de l'assassin et de la valise. Tu sais, c'est à cause des neurones, il y en a vingt-cinq millions dans le cerveau et ils travaillent. Je le vois avec son chapeau, c'était un très bel homme. Le juge m'a demandé : "Mais pourquoi vous le défendez, il vous a odieusement trompée ?"

« Ce n'est pas une raison pour être injuste. Il était honnête et travailleur. C'était le père de mon fils. Le juge ne comprenait pas que je le défende. Ce n'était pas sa faute s'il me trompait. Il était si beau, les femmes lui couraient après. Quand je l'ai rencontré la première fois, je cherchais des photos de l'acteur Yvan Mosjoukine. Il m'a dit : "Ce n'est pas la peine de courir, mademoiselle, vous l'avez devant vous."

– Tu te souviens quand tu as témoigné au tribunal ?

– Oui, j'ai pris le train.

– Tu étais avec ton mari ? Papa ?

– J'y suis allée seule. Mon mari ne comprenait pas pourquoi je défendais Max. Il ne voulait pas que je voie Max, que Gilbert voie son père. Quand je l'ai épousé, Max lui a dit : "Vous avez de la chance d'épouser cette femme." »

Elle a pris seule le train pour Strasbourg.

« Tu sais pourquoi Max a été tué ?

– C'est une histoire d'argent. L'assassin lui devait de l'argent. Max était riche, il avait caché des dollars dans des tuyaux chez lui. On n'a jamais retrouvé cet argent. Je l'ai dit au tribunal. Il était honnête. Il a acheté un violon et a appris par la suite que ce violon avait été volé. Il a fait trente kilomètres avec sa voiture pour le rendre au vendeur et a perdu la somme.

– Tu as rencontré l'assassin ? »

Elle plisse le front. Elle est sur le point de sangloter mais se retient.

« Non, je ne me souviens pas. Je ne l'ai rencontré que dans mon rêve, il était très beau. Mais il avait ce grand couteau de boucher. C'est incroyable que tu me poses ces questions, juste au moment où je suis handicapée par ces rêves. Tout ce sang qui dégouline.

– Il n'y a jamais eu de sang qui dégouline d'une valise, ni de grand couteau. Il a été tué par un coup de pistolet. La presse racontait n'importe quoi. Tu lisais les journaux ?

– Attends un peu. Non, je ne me souviens pas. »

Chaque fois qu'elle dit ne pas se souvenir, elle est au bord du sanglot, comme prise en faute.

« Attends, il y avait ce titre en relief, le journal s'appelait *L'Information*. Le titre en grosses lettres rouges en relief

L'ASSASSIN PORTAIT LA VALISE DÉGOULINANTE DE SANG

« J'étais en colère, c'était injuste. Les journaux se trompaient.

– Qu'est-ce qui était faux ?

– Je ne me souviens pas. »

Nouvelle grimace de mauvaise élève.

« C'est juste que j'étais désappointée, tu vois, je sais que j'étais en colère. Mais ce qui est terrible, c'est que je ne sais pas pourquoi.

– Et papa, ton fils, il lisait la presse ?

– C'est possible.

– Tu lui en avais parlé ?

– C'est possible. Après cinquante ans, je ne me souviens que de mes rêves. Tout revient, ce sont les neurones qui travaillent, mais en rêve. Je ne fais que rêver de lui et de l'assassin. Il était au tribunal et traînait avec lui la valise qui dégoulinait de sang.

– Il n'y a pas eu de valises sanglantes. Elles n'ont jamais existé ces valises sanglantes.

– C'est bien.

– Tu te souviens de son avocat, Me Weil ?

– Ah oui, Me Weil, il était très bien, il a très bien défendu ton grand-père. Il disait : “Si son ancienne femme le défend, c'est une preuve qu'il était honnête." Il disait de belles choses de lui. Si les femmes couraient après lui, c'est qu'il était bel homme. »

Elle s'arrête, se concentre. Et pose sa question : « Est-ce que ses petits-enfants savent qu'il était honnête ? Vous n'avez pas honte de lui ?

– Nous n'avons pas honte.

– Alors c'est bien.

– Et il n'y a pas eu de sang qui dégouline d'une valise ?

– Non, il n'y a jamais eu de sang dégoulinant d'une valise. Il a été tué d'une balle de revolver.

– Alors, c'est bien. C'est quand même incroyable, ces neurones. Tu me poses ces questions et je ne rêve que de lui. Et ce couteau taché de sang posé sur mon évier.

– Il n'y a pas eu de couteau.

– C'est ma femme de ménage qui ne s'y prend pas bien pour nettoyer la cuisine. »

J'aimerais tant dire à mon père qui a vécu toute sa vie d'adulte avec cette douleur enfouie en lui, celle d'avoir un père assassiné par Simon Mazia, que nous, ses enfants, sommes fiers de la vie flamboyante de Max.

Où est Simon aujourd'hui ?

Le jour où il a été arrêté à Marseille, il tentait de s'approcher du fort Saint-Nicolas de la Légion étrangère. Il a d'abord essayé d'embarquer sur un bateau en partance pour la Palestine.

À sa sortie de prison, à la fin des années 1950, déchu de sa nationalité française, il n'allait évidemment pas retourner en Roumanie, communiste. Seule issue pour un jeune Juif sortant de prison : Israël.

L'Agence juive à Jérusalem a bien voulu effectuer des recherches sur un Simon Mazia. Il a d'abord fallu vaincre un répondeur au double message hébreu et anglais. L'écouter six fois, attendre que le message se déclenche à nouveau pour déchiffrer un numéro de téléphone, celui du « service de recherche des familles ». Les choses ont paru simples.

Mentir d'abord. Et je peux exceller dans ce domaine : « Je suis une petite-nièce de Simon Mazia. Il a dû émigrer en Israël à la fin des années 1950. J'aimerais tant le retrouver. »

Écrire avec tous les détails dont je dispose. Simon Mazia, né Sigmund Mazia, en 1929, à Bucarest. Sa mère, Adèle Bernstein, bijoutière, demeurant à Strasbourg.

Mentir par omission. Ne pas citer les années de prison afin de ne pas effrayer le monsieur parlant anglais avec un accent israélien et qui a vraiment envie de m'aider à retrouver ce grand-oncle.

« S'il a émigré en Israël, on doit retrouver une copie de son dossier et sa dernière adresse connue en Israël. En tant que membre de sa famille, vous avez droit à une photocopie de la première page. Elle est succincte, mais elle peut vous aider à retrouver votre oncle. Les autres informations sont confidentielles. »

L'enveloppe de la « Jewish Agency » à Jérusalem est sur le palier.

Elle contient une feuille sans en-tête. C'est une

photocopie d'une page dactylographiée en hébreu. Avec une rature et un rajout manuscrit.

Je ne peux pas la lire. J'ai appris l'hébreu comme seconde langue au lycée. Je ne peux même pas déchiffrer ces quelques phrases.

Il faut trouver un intermédiaire familial qui ne s'étonne pas que je me sois trouvé un nouveau grand-oncle au nom inconnu de la famille Schneck.

Voilà la traduction.

« Simon Mazia.

« Date d'arrivée en Israël : le 29 novembre 1959.

« Date de départ d'Israël : le 17 septembre 1960. »

Il y a une rature sur le nom. L'ajout manuscrit est la nouvelle identité de Simon Mazia.

Simon est vivant.

Comme beaucoup d'immigrants, il a adopté un nouveau patronyme.

Ce nom, je ne peux le donner. Il sonne de façon trop familière.

COMPOSITION : I.G.S. CHARENTE-PHOTOGRAVURE À L'ISLE-D'ESPAGNAC

GROUPE CPI

Achevé d'imprimer en janvier 2007
par **BUSSIÈRE**
à Saint-Amand-Montrond (Cher)
N° d'édition : 89404. - N° d'impression : 62510.
Dépôt légal : février 2007.
Imprimé en France

Collection Points

DERNIERS TITRES PARUS

P1420. Le Nez sur la vitre, *Abdelkader Djemaï*
P1421. Gare du Nord, *Abdelkader Djemaï*
P1422. Le Chercheur d'Afriques, *Henri Lopes*
P1423. La Rumeur d'Aquitaine, *Jean Lacouture*
P1424. Une soirée, *Anny Duperey*
P1425. Un saut dans le vide, *Ed Dee*
P1426. En l'absence de Blanca, *Antonio Muñoz Molina*
P1427. La Plus Belle Histoire du bonheur, *collectif*
P1429. Comment c'était. Souvenirs sur Samuel Beckett, *Anne Atik*
P1430. Suite à l'hôtel Crystal, *Olivier Rolin*
P1431. Le Bon Serviteur, *Carmen Posadas*
P1432. Traité de savoir-vivre à l'usage des jeunes Russes *Gary Shteyngart*
P1433. C'est égal, *Agota Kristof*
P1434. Le Nombril des femmes, *Dominique Quessada*
P1435. L'Enfant à la luge, *Chris Mooney*
P1436. Encres de Chine, *Qiu Xiaolong*
P1437. Enquête de mor(t)alité, *Gene Riehl*
P1438. Le Château du Roi Dragon. La Saga du Roi Dragon I *Stephen Lawhead*
P1439. Les Armes des Garamont. La Malerune I, *Pierre Grimbert*
P1440. Le Prince déchu. Les Enfants de l'Atlantide I *Bernard Simonay*
P1441. Le Voyage d'Hawkwood. Les Monarchies divines I *Paul Kearney*
P1442. Un trône pour Hadon. Le Cycle d'Opar I *Philip-José Farmer*
P1443. Fendragon, *Barbara Hambly*
P1444. Les Brigands de la forêt de Skule, *Kerstin Ekman*
P1445. L'Abîme, *John Crowley*
P1446. Œuvre poétique, *Léopold Sédar Senghor*
P1447. Cadastre, *suivi de* Moi, laminaire…, *Aimé Césaire*
P1448. La Terre vaine et autres poèmes, *Thomas Stearns Eliot*
P1449. Le Reste du voyage et autres poèmes, *Bernard Noël*
P1450. Haïkus, *anthologie*
P1451. L'Homme qui souriait, *Henning Mankell*
P1452. Une question d'honneur, *Donna Leon*
P1453. Little Scarlet, *Walter Mosley*
P1454. Elizabeth Costello, *J.M. Coetzee*
P1455. Le maître a de plus en plus d'humour, *Mo Yan*
P1456. La Femme sur la plage avec un chien, *William Boyd*
P1457. Accusé Chirac, levez-vous !, *Denis Jeambar*

P1458. Sisyphe, roi de Corinthe. Le Châtiment des Dieux I
François Rachline
P1459. Le Voyage d'Anna, *Henri Gougaud*
P1460. Le Hussard, *Arturo Pérez-Reverte*
P1461. Les Amants de pierre, *Jane Urquhart*
P1462. Corcovado, *Jean-Paul Delfino*
P1463. Hadon, le guerrier. Le Cycle d'Opar II
Philip José Farmer
P1464. Maîtresse du Chaos. La Saga de Raven I
Robert Holdstock et Angus Wells
P1465. La Sève et le Givre, *Léa Silhol*
P1466. Élégies de Duino *suivi de* Sonnets à Orphée
Rainer Maria Rilke
P1467. Rilke, *Philippe Jaccottet*
P1468. C'était mieux avant, *Howard Buten*
P1469. Portrait du Gulf Stream, *Érik Orsenna*
P1470. La Vie sauve, *Lydie Violet et Marie Desplechin*
P1471. Chicken Street, *Amanda Sthers*
P1472. Polococktail Party, *Dorota Maslowska*
P1473. Football factory, *John King*
P1474. Une petite ville en Allemagne, *John le Carré*
P1475. Le Miroir aux espions, *John le Carré*
P1476. Deuil interdit, *Michael Connelly*
P1477. Le Dernier Testament, *Philip Le Roy*
P1478. Justice imminente, *Jilliane Hoffman*
P1479. Ce cher Dexter, *Jeff Lindsay*
P1480. Le Corps noir, *Dominique Manotti*
P1481. Improbable, *Adam Fawer*
P1482. Les Rois hérétiques. Les Monarchies divines II
Paul Kearney
P1483. L'Archipel du soleil. Les Enfants de l'Atlantide II
Bernard Simonay
P1484. Code Da Vinci : l'enquête
Marie-France Etchegoin et Frédéric Lenoir
P1485. L. A. confidentiel : les secrets de Lance Armstrong
Pierre Ballester et David Walsh
P1486. Maria est morte, *Jean-Paul Dubois*
P1487. Vous aurez de mes nouvelles, *Jean-Paul Dubois*
P1488. Un pas de plus, *Marie Desplechin*
P1489. D'excellente famille, *Laurence Deflassieux*
P1490. Une femme normale, *Émilie Frèche*
P1491. La Dernière Nuit, *Marie-Ange Guillaume*
P1492. Le Sommeil des poissons, *Véronique Ovaldé*
P1493. La Dernière Note, *Jonathan Kellerman*
P1494. La Cité des Jarres, *Arnaldur Indridason*
P1495. Électre à La Havane, *Leonardo Padura*

P1496. Le croque-mort est bon vivant, *Tim Cockey*
P1497. Le Cambrioleur en maraude, *Lawrence Block*
P1498. L'Araignée d'émeraude. La Saga de Raven II
Robert Holdstock et Angus Wells
P1499. Faucon de mai, *Gillian Bradshaw*
P1500. La Tante marquise, *Simonetta Agnello Hornby*
P1501. Anita, *Alicia Dujovne Ortiz*
P1502. Mexico City Blues, *Jack Kerouac*
P1503. Poésie verticale, *Roberto Juarroz*
P1506. Histoire de Rofo, clown, *Howard Buten*
P1507. Manuel à l'usage des enfants qui ont des parents difficiles
Jeanne Van den Brouk
P1508. La Jeune Fille au balcon, *Leïla Sebbar*
P1509. Zenzela, *Azouz Begag*
P1510. La Rébellion, *Joseph Roth*
P1511. Falaises, *Olivier Adam*
P1512. Webcam, *Adrien Goetz*
P1513. La Méthode Mila, *Lydie Salvayre*
P1514. Blonde abrasive, *Christophe Paviot*
P1515. Les Petits-Fils nègres de Vercingétorix, *Alain Mabanckou*
P1516. 107 ans, *Diastème*
P1517. La Vie magnétique, *Jean-Hubert Gailliot*
P1518. Solos d'amour, *John Updike*
P1519. Les Chutes, *Joyce Carol Oates*
P1520. Well, *Matthieu McIntosh*
P1521. À la recherche du voile noir, *Rick Moody*
P1522. Train, *Pete Dexter*
P1523. Avidité, *Elfriede Jelinek*
P1524. Retour dans la neige, *Robert Walser*
P1525. La Faim de Hoffman, *Leon De Winter*
P1526. Marie-Antoinette, la naissance d'une reine.
Lettres choisies, *Évelyne Lever*
P1527. Les Petits Verlaine *suivi de* Samedi, dimanche et fêtes
Jean-Marc Roberts
P1528. Les Seigneurs de guerre de Nin. La Saga du Roi Dragon II
Stephen Lawhead
P1529. Le Dire des Sylfes. La Malerune II
Michel Robert et Pierre Grimbert
P1530. Le Dieu de glace. La Saga de Raven III
Robert Holdstock et Angus Wells
P1531. Un bon cru, *Peter Mayle*
P1532. Confessions d'un boulanger, *Peter Mayle et Gérard Auzet*
P1533. Un poisson hors de l'eau, *Bernard Comment*
P1534. Histoire de la Grande Maison, *Charif Majdalani*
P1535. La Partie belle *suivi de* La Comédie légère
Jean-Marc Roberts

P1536. Le Bonheur obligatoire, *Norman Manea*
P1537. Les Larmes de ma mère, *Michel Layaz*
P1538. Tant qu'il y aura des élèves, *Hervé Hamon*
P1539. Avant le gel, *Henning Mankell*
P1540. Code 10, *Donald Harstad*
P1541. Les Nouvelles Enquêtes du juge Ti, vol. 1
Le Château du lac Tchou-An, *Frédéric Lenormand*
P1542. Les Nouvelles Enquêtes du juge Ti, vol. 2
La Nuit des juges, *Frédéric Lenormand*
P1543. Que faire des crétins ? Les perles du Grand Larousse
Pierre Enckell et Pierre Larousse
P1544. Motamorphoses. À chaque mot son histoire
Daniel Brandy
P1545. L'habit ne fait pas le moine. Petite histoire des expressions
Gilles Henry
P1546. Petit fictionnaire illustré. Les mots qui manquent au dico
Alain Finkielkraut
P1547. Le Pluriel de bric-à-brac et autres difficultés
de la langue française, *Irène Nouailhac*
P1548. Un bouquin n'est pas un livre. Les nuances des synonymes
Rémi Bertrand
P1549. Sans nouvelles de Gurb, *Eduardo Mendoza*
P1550. Le Dernier Amour du président, *Andreï Kourkov*
P1551. L'Amour, soudain, *Aharon Appelfeld*
P1552. Nos plus beaux souvenirs, *Stewart O'Nan*
P1553. Saint-Sépulcre !, *Patrick Besson*
P1554. L'Autre comme moi, *José Saramago*
P1555. Pourquoi Mitterrand ?, *Pierre Joxe*
P1556. Pas si fous ces Français !
Jean-Benoît Nadeau et Julie Barlow
P1557. La Colline des Anges
Jean-Claude Guillebaud et Raymond Depardon
P1558. La Solitude heureuse du voyageur
précédé de Notes, *Raymond Depardon*
P1559. Hard Revolution, *George P. Pelecanos*
P1560. La Morsure du lézard, *Kirk Mitchell*
P1561. Winterkill, *C.J. Box*
P1562. La Morsure du dragon, *Jean-François Susbielle*
P1563. Rituels sanglants, *Craig Russell*
P1564. Les Écorchés, *Peter Moore Smith*
P1565. Le Crépuscule des géants. Les Enfants de l'Atlantide III
Bernard Simonay
P1566. Aara. Aradia I, *Tanith Lee*
P1567. Les Guerres de fer. Les Monarchies divines III
Paul Kearney
P1568. La Rose pourpre et le Lys, tome 1, *Michel Faber*

P1569. La Rose pourpre et le Lys, tome 2, *Michel Faber*
P1570. Sarnia, *G.B. Edwards*
P1571. Saint-Cyr/La Maison d'Esther, *Yves Dangerfield*
P1572. Renverse du souffle, *Paul Celan*
P1573. Pour un tombeau d'Anatole, *Stéphane Mallarmé*
P1574. 95 poèmes, *E.E. Cummings*
P1575. Le Dico des mots croisés.
8 000 définitions pour devenir imbattable, *Michel Laclos*
P1576. Les deux font la paire.
Les couples célèbres dans la langue française, *Patrice Louis*
P1577. C'est la cata. Petit manuel du français maltraité
Pierre Bénard
P1578. L'Avortement, *Richard Brautigan*
P1579. Les Braban, *Patrick Besson*
P1580. Le Sac à main, *Marie Desplechin*
P1581. Nouvelles du monde entier, *Vincent Ravalec*
P1582. Le Sens de l'arnaque, *James Swain*
P1583. L'Automne à Cuba, *Leonardo Padura*
P1584. Le Glaive et la Flamme. La Saga du Roi Dragon III
Stephen Lawhead
P1585. La Belle Arcane. La Malerune III
Michel Robert et Pierre Grimbert
P1586. Femme en costume de bataille, *Antonio Benitez-Rojo*
P1587. Le Cavalier de l'Olympe. Le Châtiment des Dieux II
François Rachline
P1588. Le Pas de l'ourse, *Douglas Glover*
P1589. Lignes de fond, *Neil Jordan*
P1590. Monsieur Butterfly, *Howard Buten*
P1591. Parfois je ris tout seul, *Jean-Paul Dubois*
P1592. Sang impur, *Hugo Hamilton*
P1593. Le Musée de la sirène, *Cypora Petitjean-Cerf*
P1594. Histoire de la gauche caviar, *Laurent Joffrin*
P1595. Les Enfants de chœur (Little Children), *Tom Perrotta*
P1596. Les Femmes politiques, *Laure Adler*
P1597. La Preuve par le sang, *Jonathan Kellerman*
P1598. La Femme en vert, *Arnaldur Indridason*
P1599. Le Che s'est suicidé, *Petros Markaris*
P1600. Les Nouvelles Enquêtes du juge Ti, vol. 3
Le Palais des courtisanes, *Frédéric Lenormand*
P1601. Trahie, *Karin Alvtegen*
P1602. Les Requins de Trieste, *Veit Heinichen*
P1603. Pour adultes seulement, *Philip Le Roy*
P1604. Offre publique d'assassinat, *Stephen W. Frey*
P1605. L'Heure du châtiment, *Eileen Dreyer*
P1606. Aden, *Anne-Marie Garat*
P1607. Histoire secrète du Mossad, *Gordon Thomas*

P1608. La Guerre du paradis. Le Chant d'Albion I, *Stephen Lawhead*
P1609. La Terre des Morts. Les Enfants de l'Atlantide IV *Bernard Simonay*
P1610. Thenser. Aradia II, *Tanith Lee*
P1611. Le Petit Livre des gros câlins, *Kathleen Keating*
P1612. Un soir de décembre, *Delphine de Vigan*
P1613. L'Amour foudre, *Henri Gougaud*
P1614. Chaque jour est un adieu *suivi de* Un jeune homme est passé *Alain Rémond*
P1615. Clair-obscur, *Jean Cocteau*
P1616. Chihuahua, zébu et Cie. L'étonnante histoire des noms d'animaux *Henriette Walter et Pierre Avenas*
P1617. Les Chaussettes de l'archiduchesse et autres défis de la prononciation, *Julos Beaucarne et Pierre Jaskarzec*
P1618. My rendez-vous with a femme fatale. Les mots français dans les langues étrangères *Franck Resplandy*
P1619. Seulement l'amour, *Philippe Ségur*
P1620. La Jeune Fille et la Mère, *Leïla Marouane*
P1621. L'Increvable Monsieur Schneck, *Colombe Schneck*
P1622. Les Douze Abbés de Challant, *Laura Mancinelli*
P1623. Un monde vacillant, *Cynthia Ozick*
P1624. Les Jouets vivants, *Jean-Yves Cendrey*
P1625. Le Livre noir de la condition des femmes *Christine Ockrent (dir.)*
P1626. Comme deux frères, *Jean-François Kahn et Axel Kahn*
P1627. Equador, *Miguel Sousa Tavares*
P1628. Du côté où se lève le soleil, *Anne-Sophie Jacouty*
P1629. L'Affaire Hamilton, *Michelle De Kretser*
P1630. Une passion indienne, *Javier Moro*
P1631. La Cité des amants perdus, *Nadeem Aslam*
P1632. Rumeurs de haine, *Taslima Nasreen*
P1633. Le Chromosome de Calcutta, *Amitav Ghosh*
P1634. Show business, *Shashi Tharoor*
P1635. La Fille de l'arnaqueur, *Ed Dee*
P1636. En plein vol, *Jan Burke*
P1637. Retour à la Grande Ombre, *Hakan Nesser*
P1638. Wren. Les Descendants de Merlin I, *Irene Radford*
P1639. Petit manuel de savoir-vivre à l'usage des enseignants *Boris Seguin, Frédéric Teillard*
P1640. Les Voleurs d'écritures *suivi de* Les Tireurs d'étoiles *Azouz Begag*
P1641. L'Empreinte des dieux. Le Cycle de Mithra I, *Rachel Tanner*